Gina Ruck-Pauquèt

Sandmännchen
erzählt von seinen Freunden

Gina Ruck-Pauquèt arbeitete in verschiedenen Berufen, u. a. als Mannequin, Vertreterin und Gerichtsreporterin. 1958 ließ sie sich als freie Schriftstellerin in Bad Tölz nieder. Ihr Werk umfasst zahlreiche Kinder- und Bilderbücher sowie Jugendbücher, Gedichte, Liedertexte und Arbeiten für Rundfunk und Fernsehen. Sie wurde mit vielen Preisen geehrt und auf der Ehrenliste zum Hans-Christian-Andersen-Preis sowie zum Österreichischen Staatspreis genannt.

Gina Ruck-Pauquèt

Sandmännchen erzählt von seinen Freunden

Mit Illustrationen von Herbert Lentz
und Pepperl Ott

Ravensburger Buchverlag

Als Ravensburger Taschenbuch
Band 54406
erschienen 2013

MIX
Papier aus verantwortungsvollen Quellen
FSC® C014496
FSC
www.fsc.org

Jubiläumsausgabe
50 Jahre Ravensburger Taschenbücher

„Sandmännchen erzählt von seinen kleinen Freunden" erschien
erstmals 1965 als Ravensburger Taschenbuch
und 1985 unter dem Titel „Sandmännchen erzählt von seinen Freunden"
erstmals als Taschenbuch-Gesamtausgabe

Printed in Germany

ISBN 978-3-473-54406-6

www.ravensburger.de

Inhalt

Geschichten vom kleinen Zoowärter

Der kleine Zoowärter versteht die Sprache der Tiere

Einmal suchte der Zoodirektor einen neuen Zoowärter. Der alte Zoowärter hatte nämlich Streit mit dem frechen Papagei bekommen und darum war er gegangen. Viele Männer meldeten sich. Der Zoodirektor bestellte sie zu sich. Und da standen sie nun im Kreis und alle Tiere starrten sie an.

„Ich bin der Stärkste", sagte einer der Männer. „Ich kann einen Löwen auf meinem Rücken tragen."

„Ich bin der Dickste!", rief ein anderer. „Mich wirft nicht einmal der Bär um!"

„Und ich bin der Flinkste!", schrie ein dritter. „Mich holt kein Wildpferd ein!"

Ein vierter wollte der Mutigste sein, der fünfte der Pünktlichste und der sechste war taub.

„So macht mir das Heulen der Wölfe nichts aus", meinte er.

„Hm“, brummte der Zoodirektor und er wusste nicht recht, für wen er sich entscheiden sollte.

Die Tiere aber fauchten und brummten, wieherten und fiepten, und man merkte deutlich, dass sie etwas sagen wollten.

„Sie möchten, dass *ich* hier Zoowärter werde“, sprach da plötzlich jemand und der Zoodirektor bemerkte einen kleinen Mann, der im Hintergrund stand.

„*Du?*“, schrien die anderen, und sie lachten und schlugen sich auf die Schenkel. „Dich hustet ja ein Floh um!“

„Du bist der Kleinste“, sagte der Zoodirektor. „Was kannst du?“

„Ich verstehe die Sprache der Tiere“, entgegnete der kleine Mann und er wurde vor lauter Verlegenheit ganz rot.

Die anderen glaubten ihm nicht.

„Das soll er beweisen!“, brüllten sie. „Beweisen soll er das!“

Da legte der kleine Mann die Hand hinter sein Ohr und lauschte.

„Der Tiger hat einen Dorn in der Pfote“, sagte er. „Und er will, dass ich ihn herausziehe.“

„Er wird dich zum Frühstück verspeisen!“, rief der Mann, der sich mutig genannt hatte.

Der kleine Mann aber ging ganz ruhig in den Tigerkäfig. Er kraulte den Tiger zwischen den goldenen Augen, dann bückte er sich und zog ihm den Dorn aus der Tatze.

„Danke schön", sagte der Tiger.

„Bitte schön", entgegnete der kleine Mann, „gern geschehen."

„Nein!", schrien die großen Männer. „Das war nur ein Zufall!" „Er soll uns sagen, was der Seehund will!"

Der Seehund jaulte nämlich ganz aufgeregt und sprang hin und her.

„Er will einen Ball", erklärte der kleine Mann, und schon zog er einen aus der Tasche und warf ihn dem Seehund zu. Und der Seehund balancierte ihn auf seiner Seehundnase und war so glücklich wie noch nie.

Der bunte Papagei aber, der früher immer recht garstig gewesen war, flog dem kleinen Zoowärter auf die Schulter und krächzte: „Herzlich willkommen!"

„Die Tiere haben entschieden", sagte der Zoodirektor.

Und er schickte die anderen Männer fort. Der kleine Zoowärter aber zog seine Mütze und begrüßte die Tiere. Da machten die Wölfe Männchen, die Giraffe verbeugte sich dreimal, der Eisbär schlug einen Purzelbaum und der Esel warf alle vier Beine in die Luft.

„Sag mir, wieso du die Sprache der Tiere beherrschst", fragte der Zoodirektor verwundert und er überreichte dem kleinen Zoowärter zum Dienstantritt einen Blumenstrauß.

„Das ist ganz einfach", sagte der kleine Zoowärter. „Ich habe die Tiere sehr lieb und wenn man jemanden wirklich lieb hat, dann versteht man ihn auch." Und er rückte seine Mütze gerade und machte sich an die Arbeit.

Der kleine Zoowärter und das Hängebauchschwein

Eines Tages ist der Zoo voll. Alle Gehege sind bewohnt. Bei den Pinguinen herrscht sogar schon ein ziemliches Gedränge. Aber weil die Pinguine friedlich sind, macht es nichts.

Eigentlich ist es schön so, denkt der kleine Zoowärter am Abend, als die Sonne untergegangen ist.

Der Seehund pfeift ganz leise im Schlaf, der Wolf schnarcht und die Tigerin knurrt im Traum vor sich hin. Da legt sich auch der kleine Zoowärter zur Ruhe. Jedem seiner Tiere schickt er noch einen Gedanken, dann schlummert er ein.

Früh am Morgen aber bringt ein Lastwagen eine schwere Kiste. In der Kiste sitzt ein Hängebauchschwein.

„Oweia", sagt der kleine Zoowärter. „Wir sind belegt. – Aber sei trotzdem willkommen!"

„Wo wohne ich denn?“, will das Schwein wissen.

„Tja“, sagt der kleine Zoowärter, „das wüsste ich auch gern. Wer von euch nimmt das Hängebauchschwein auf?“, fragt er die anderen Tiere.

„Ich nicht!“, rufen sie. „Ich nicht!“

„Hier ist es schon so eng, dass nicht mal ein Floh Platz hätte“, sagen die Esel.

Und die Kängurumutter muss ihr Kind in der Bauchtasche tragen, weil sie ihm sonst auf die Füße tritt.

„Na gut“, der kleine Braunbär erbarmt sich endlich. „Das Hängebauchschwein ist zwar ein ziemlich dickes Tier, aber wenn es nicht kräht und keine hohen Sprünge macht, soll es bei mir einziehen.“

„Das ist sehr lieb von dir“, sagt der kleine Zoowärter und auch das Schwein ist dieser Meinung.

Ganz friedlich hocken sie miteinander im Gehege und das Hängebauchschwein erzählt von dem fernen Land, wo seine Verwandten leben.

Besucher kommen in den Zoo, es wird Abend und Nacht und wieder Morgen. Da glaubt der kleine Zoowärter, seinen Augen nicht trauen zu können: Das Hängebauchschwein hat zehn Hängebauchschweinchen geboren!

„Entschuldigung“, sagt es, „aber so ist das nun mal.“

„Herzlichen Glückwunsch!“, ruft der kleine Zoowärter. „Braunbär“, fragt er dann, „wo steckst du denn?“

„Hier“, sagt der Braunbär vom Baum herab. „Da unten ist es mir zu eng geworden. Aber trotzdem“, sagt er, „finde ich Hängebauchschweinchen sehr, sehr süß!“

Der kleine Zoowärter und die Elefanten

Tagsüber sind die Elefanten sehr beschäftigt. Sie wälzen sich im Schlamm, spazieren im Gänsemarsch durch das Gehege, sie fassen sich bei den Schwänzchen und machen einen Kreis, und manchmal sind sie sehr ungezogen.

Dann grabschen sie den Leuten die Hüte vom Kopf, greifen ihnen mit den Rüsseln in die Taschen oder spritzen sie nass.

So kommt es, dass die Elefanten abends sehr müde sind, und sie möchten gerne die ganze Nacht lang schlafen. Aber das können sie leider nur, wenn einer Wache hält.

„Du musst wachen!“, befehlen sie jeden Abend dem kleinsten der Elefanten und eine Weile hat der das auch gemacht.

Dann aber beschwerte er sich beim kleinen Zoowärter. „Ich muss auch einmal schlafen", sagte er. „Schließlich bin ich noch ein Baby-Elefant."

Und der kleine Zoowärter sah das ein.

„Die Elefanten können nicht schlafen", erklärte er den anderen Tieren, „einer müsste die Nachtwache übernehmen."

„Ich will es tun", brummte der Bär, der besonders gutmütig ist.

Und am Abend trottete er ins Elefantenhaus. Aber kaum hatte er die Wache angetreten, als er auch schon einschlief und so laut schnarchte, dass jeder einzelne Strohhalm zitterte.

„Wir können ihn nicht brauchen!", trompeteten die Elefanten am nächsten Morgen. „Der Bär ist nicht der Rechte!"

Da fragte der kleine Zoowärter noch einmal die Tiere, wer von ihnen wachen wolle.

„Ich will es tun", bot sich der Uhu an. „Es trifft sich gut, denn ich schlafe ohnehin am Tage."

Und am Abend flog er ins Elefantenhaus und er hielt seine großen Augen weit offen. Nach einer Viertelstunde aber schlug er mit seinen Schwingen und schrie: „Schuhuuu!", denn das tat er jede Nacht so.

Und jede weitere Viertelstunde tat er das Gleiche. Da fielen die Elefanten jedesmal aus ihren Elefantenträumen. Sie sprangen auf die Beine und fürchteten sich.

„Wir können ihn nicht brauchen!", protestierten sie. „Der Uhu ist nicht der Rechte!"

Nun blieb dem kleinen Zoowärter nichts weiter übrig, als selber die Elefantenwache zu übernehmen. Er hockte sich hin und schaute den Elefanten beim Schlafen zu. Und wenn er dabei auch selber schrecklich müde wurde, so hielt er doch tapfer durch.

„Den kleinen Zoowärter können wir brauchen", lobten ihn die Elefanten am anderen Morgen. „Er ist der Rechte!"

Zwei Nächte lang blieb der kleine Zoowärter wach, aber weil er am Tage auch niemals Ruhe fand, wurde ihm schließlich ganz elend. Da hatte er in der dritten Nacht einen guten Gedanken. Leise hängte er seine Ja-

cke und seine Mütze an einen Nagel in der Wand, und er selbst schlich sich hinaus und ging – husch – in sein Bett. Und als die Elefanten in der Dunkelheit nach ihm blinzelten, sahen sie die Jacke und die Mütze, und sie glaubten, dass der kleine Zoowärter getreulich Wache hielt.

So schläft der kleine Zoowärter alle Nächte. Die Elefanten aber schlafen auch. Und dass in Wirklichkeit niemand Wache hält – das brauchen sie ja nicht zu erfahren.

Der kleine Zoowärter und das Okunko

Alle möglichen Leute besuchen den Zoo. Lehrer und Omas, Polizisten, Japaner, Kinder, Seiltänzer und Beamte. An einem Morgen aber kommen Reporter. Der eine macht Fotos von den Tieren und der andere fragt den kleinen Zoowärter aus.

Der kleine Zoowärter erzählt, was er so weiß. Dass die Schildkröte Geburtstag gehabt hat, die Giraffe Halsweh und dass die Papageien einen Redewettbewerb veranstalten.

„Interessant", sagt der Reporter. „Sehr interessant. Und welches ist dein Lieblingstier?"

Da gerät der kleine Zoowärter in große Verlegenheit. Er hat alle Tiere gern und wenn er jetzt eines nennt, werden die anderen traurig sein.

Den Elefanten mag er, weil er ein freundliches Gemüt hat, das Wildpferd, weil es so munter ist, den Wolf wegen seiner Treue und den Löwen wegen seiner schönen Augen. Jedes Tier im Zoo hat seine eigene Liebenswürdigkeit.

„Du wirst doch ein Tier mehr mögen als alle anderen“, sagt der Reporter.

Der kleine Zoowärter windet sich. Die Affen starren ihn an, der Waschbär und das Kamel. „Tja“, sagt der kleine Zoowärter da, „also, mein Lieblingstier ist … das Okunko!“

„Das Okunko?“, sagt der Reporter.

Ganz verdutzt schaut er und auch die Tiere gucken dumm. Weil aber der Mann von der Zeitung nicht ungebildet erscheinen will, schreibt er es einfach hin.

„Der kleine Zoowärter betreut alle Tiere mit der gleichen Fürsorglichkeit“, steht am anderen Tag in der Zeitung: „Dem Nashorn putzt er das Horn und dem Zebra die Streifen. Sein Liebling aber ist und bleibt das Okunko. Ihm gehört sein ganzes Herz.“

Und daneben ist ein Foto vom kleinen Zoowärter zu sehen.

„Nein, so was!“, sagt der kleine Zoowärter, als er die Zeitung liest, „jetzt glauben die Leute am Ende noch, dass es Okunkos gibt!“

„Vielleicht gibt es die tatsächlich“, meint da die Eule. „Schließlich ist die Welt groß.“

„Meinst du?“, sagt der kleine Zoowärter.

Und er versucht sich vorzustellen, dass irgendwo auf dieser Erde ein Okunko sitzt.

Der kleine Zoowärter und das Äffchen

Im Zoo haben alle Tiere ihr eigenes Gehege. Und damit sie in ihrer Wohnung nicht gestört werden, ist sie mit Gitterstäben eingezäunt. Immer, wenn der kleine Zoowärter ein bisschen Zeit übrig hat, putzt er die Gitterstäbe, bis sie blitzen.

„Jemand war in meinem Gehege", beschwerte sich da der Schakal eines Tages. „Er hat meinen schönen, alten Knochen ausgegraben!"

„Das ist nicht möglich", sagte der kleine Zoowärter. „Ich habe die Tür fest abgeschlossen."

Aber es dauerte nicht lange, da beklagte sich auch der Löwe.

„Jemand war bei mir drin", brummte er. „Er hat mich an der Mähne gezupft, während ich schlief."

„Hm", machte der kleine Zoowärter und er konnte es nicht glauben.

ZOO

„Hilfe!", schrie in diesem Augenblick das Zebra. „Hier raschelt einer im Heu!"

Und als der kleine Zoowärter nachschaute, fand er ein winziges Äffchen.

„Wie kommst du hierher?", fragte er verwundert.

„Durch die Gitterstäbe", sagte das Äffchen. „Ich bin so dünn, dass ich überall durchkomme."

Da brachte der kleine Zoowärter des Äffchen wieder nach Hause.

„Hier bleibst du jetzt", befahl er.

Und das Äffchen sagte: „Ja."

Aber es dachte nicht daran, sein Wort zu halten. Schon am nächsten Tag schlüpfte es wieder hinaus. Es hängte sich dem Elefanten an den Schwanz, bewarf das Nilpferd mit Steinen und beleidigte den Papagei.

„Sperr das Äffchen ein!", verlangten die Tiere vom kleinen Zoowärter.

Der kleine Zoowärter aber lächelte nur, und er brachte dem Äffchen eine dreifache Portion Nüsse und Obst.

„Guten Appetit!", sagte er.

Und das Äffchen fraß alles auf. Das konnten die Tiere nicht verstehen. Aber weil sie den kleinen Zoowärter sehr lieb hatten, schwiegen sie.

Das Äffchen schlüpfte aber alle Tage durch die Gitterstäbe hinaus. Es scheuchte die Enten, nahm dem Seehund seinen Ball fort und dem alten Flamingo riss es die allerschönste Feder aus.

„Leg das Äffchen an die Kette!“, forderten die Tiere.

Doch der kleine Zoowärter lächelte bloß und er fütterte das Äffchen mit den feinsten Früchten. So kam es, dass das Äffchen immer dicker wurde und immer frecher wurde es auch. Es sprang dem Wildpferd auf den Rücken und einmal kletterte es sogar der Giraffe an ihrem Giraffenhals empor. Da wurden die Tiere böse und sogar der Löwe brüllte den ganzen Tag. Dabei ist der Löwe eigentlich ziemlich faul.

„Psst“, lächelte der kleine Zoowärter und er legte den Finger an die Lippen. „Wartet ab.“

Und er fütterte das übermütige Äffchen weiter mit allerhand Leckereien. Und mit der Zeit wurde das Äffchen davon so dick, dass es nicht mehr durch die Gitterstäbe schlüpfen konnte. So blieb es dann brav zu Hause und am Ende ist noch ein anständiger Affe aus ihm geworden.

Die Tiere aber bewunderten den kleinen Zoowärter sehr wegen seiner Klugheit und er war ordentlich stolz.

Der kleine Zoowärter und die Katze

An einem späten Abend, als der kleine Zoowärter noch seinen Rundgang macht, sieht er eine kleine, geduckte Gestalt unter dem Kastanienbaum.

„Hallo!“ ruft er, „wer sitzt denn da?“

„Ich“, antwortet die Gestalt. „Komm aber nicht näher, ich bin furchtbar ängstlich.“

„Warum?“, will der kleine Zoowärter wissen. In einigem Abstand hockt er sich auf den Boden.

„Weil mir dauernd was Schlimmes passiert“, sagt das Tier. „Mein rechtes Ohr ist geschlitzt und vom Schwanz fehlt mir auch ein Stück.“

„Möglicherweise wäre es besser, du bliebest zu Hause“, meint der kleine Zoowärter.

Er denkt, dass das Tier ein Hündchen ist. Doch da öffnet es in der Dunkelheit seine Augen. Und die Augen leuchten, wie es das nur bei Katzen gibt.

„Ich hab kein Zuhause“, sagt die Katze.

Der kleine Zoowärter findet das traurig.

„Sicher hast du Hunger“, sagt er. „Darf ich dir etwas Schokoladenpudding anbieten? Den hab ich mir vorhin gekocht.“

„Pah!“, sagt die Katze. „Um Hunger geht es hier nicht. Es geht um Zugehörigkeit.“

Der kleine Zoowärter denkt nach.

„Na ja“, meint er schließlich, „vielleicht könntest du ein wenig zu mir gehören, wenn du das willst. Dann müsstest du aber etwas näher kommen.“

„Komm du“, schlägt die Katze vor. „Halt!“, schreit sie, als der kleine Zoowärter sie fast erreicht hat.

Erst nach einer Stunde darf er endlich neben ihr sitzen. Nach zwei Stunden erlaubt sie ihm, sie zu streicheln.

„Ich könnte nachsehen, ob ein Käfig für dich frei ist“, sagt der kleine Zoowärter.

„Wo denkst du hin!“, mauzt die Katze. „Ich bin eine Katze! Ich will nicht eingesperrt sein!“

Sie drückt sich an den kleinen Zoowärter und schnurrt.

Von nun an kommt die Katze jeden Abend. Sie bleibt eine Weile, dann geht sie wieder ihrer Wege. Aber der kleine Zoowärter und sie wissen, dass sie zusammengehören.

Der kleine Zoowärter und der Uhu

Der Uhu hat schon lange Wohnrecht im Zoo. Anfangs hat er zufrieden in seinem Käfig gelebt.

Aber dann geht es los.

„Ich bin ein Flügeltier", sagt der Uhu. „Und Flügeltiere müssen fliegen, weil sie sonst unglücklich sind."

„Du kannst ja fliegen", antwortet der kleine Zoowärter. „Dein Käfig ist groß genug."

„Schuhuu!", heult der Uhu, „weit will ich fliegen, weit. Über die Wiese, über den Fluss, bis zum Wald."

„Na schön", sagt der kleine Zoowärter. „Ich will nicht, dass du traurig bist."

Er öffnet das Käfigtürchen und lässt den Uhu frei.

„Am Morgen bin ich wieder da!", schreit der und fort ist er.

Am Morgen ist er aber nicht wieder da und am Mittag auch nicht. Am nächsten Tag kommt er nicht, und

schließlich sind Wochen vergangen und der Uhu ist nicht zurück.

„Wenn ihm bloß nichts passiert ist", sagt der kleine Zoowärter besorgt.

„Ach Quatsch!" meint das Nilpferd. „Diese Flatterpersonen sind einfach unzuverlässig."

„Vielleicht ist er irgendwo eingeschlafen", sagt der Löwe und gähnt.

„Der ist doch nicht so faul wie du!", kreischen die Äffchen.

Fast hätte es Streit gegeben.

„Vertragt euch", sagt der kleine Zoowärter. „Morgen gehe ich los und suche ihn."

Als er aber am anderen Tag aufwacht und hinausgeht, hockt der Uhu verschlafen in seinem Käfig. Neben ihm sitzt eine Uhufrau.

„Ich musste die Richtige finden", sagt der Uhu. „Darum hat es so lange gedauert."

„Wie schön!", ruft der kleine Zoowärter. „Da gibt es ja eine Hochzeit!"

Kuchen besorgt er, Körner, Salat und Würstchen. Für jedes Tier etwas. Und als die letzten Besucher den Zoo verlassen haben, zündet der kleine Zoowärter Lampions an und das Fest beginnt.

Der kleine Zoowärter und das Einhorn

Der kleine Zoowärter hat keine Ahnung, woher das Tier gekommen ist. Eines Tages findet er es in einem Gehege, das bisher leer stand.

„Ich bin der kleine Zoowärter", stellt er sich vor. „Und wer bist du?"

Das Tier sieht aus wie ein Pferd, schlank und weiß. Es hat Kastanienaugen und ein Lächeln um die Nüstern, das geheimnisvoll wirkt.

„Ich bin das Einhorn", sagt es.

Bisher hat der kleine Zoowärter gedacht, das Einhorn komme nur in Märchen oder Fantasiegeschichten vor.

„Wie wunder-wunderschön", sagt er, „dass es dich wirklich gibt! Das Einhorn ist bei uns eingezogen!", ruft er den anderen Tieren zu.

Da bestehen sie darauf, dass er augenblicklich ihre

Käfige aufschließt, damit ein jeder das Märchentier ansehen kann.

„Schön ist es“, flüstern sie. „Und so zart!“

„Aber wo hat es denn sein Horn?“, fragt die Ziege plötzlich laut heraus.

„Es wird noch wachsen“, sagt das neue Tier. „Ich bin zu jung.“

„Einhorn“, schreibt der kleine Zoowärter am anderen Tag auf das Schild am Gehege. „Jungtier.“

„Ein so freundliches Geschöpf“, sagen die Besucher. „So sanft! Und so schön!“

Und die anderen Tiere finden das auch. Sie alle haben das Einhörnchen gern.

Doch die Zeit vergeht, und es will und will ihm kein Horn auf der Stirn wachsen. Die Tiere tun so, als machten sie sich keine Gedanken.

„Jetzt ist es aber kein Jungtier mehr“, sagt da eines Tages ein Mädchen. „Und doch hat es immer noch kein Horn.“

„Das liegt in der Art“, versucht der kleine Zoowärter zu erklären.

Und dann schreibt er ein Schild.

„Einhorn“, schreibt er. „Hornlos. Seltenes Exemplar.“

Aber grinsen muss er doch.

Wenn man nicht wüsste, dass es ein Einhorn ist, würde man das weiße Tier glatt für ein Pferdchen halten, denkt er. Jaja.

Der kleine Zoowärter
und der Eisbär

Im Sommer, wenn es sehr warm ist, zieht der kleine Zoowärter seine Badehose an und schwimmt mit dem Eisbären im Eisbärenteich herum.

„Du hast es gut", schnauft er dann. „Immer kannst du im Wasser liegen!"

Aber der Eisbär macht ein undurchdringliches Eisbärengesicht und schweigt.

„Bist du anderer Meinung?", fragt der kleine Zoowärter überrascht.

„Brumm", sagt der Eisbär und er leckt sich seine Pfoten. „Der Teich ist nur klein und ich bin ein so großes Tier. Meine Mutter hat am weiten Eismeer gelebt. Da ist es herrlich für einen weißen Bären!" Und er seufzt und streckt sich traurig auf den Steinen aus.

„Das Eismeer ist fern", sagt der kleine Zoowärter. „Dahin kann ich dich nicht bringen."

Aber die Worte des Eisbären gehen ihm nicht aus dem Kopf. Und weil der kleine Zoowärter immer überlegt, wie er seinen Tieren eine Freude machen kann, kippt er eines Tages all sein Geld aus dem Sparschweinchen und kauft sich dafür ein Auto. Es ist kein besonders großes Auto und wackelig ist es auch, aber der kleine Zoowärter findet es wunderschön.

„Ich habe eine Überraschung für dich", sagt er zu dem Eisbären. „Steig ein, ich fahre dich an die See. Das ist dann so ähnlich wie am Eismeer, bloß nicht so kalt."

Da freut sich der Eisbär sehr und er dreht sich fünfzehnmal um sich selbst. Er klettert zum kleinen Zoowärter ins Auto und sie fahren los.

„Tut, tut“, ruft das wackelige Auto.

Und die Menschen und die Hühner laufen fort, und die Straße ist leer. Als sie an der See ankommen, wird es eben dämmerig und die Badegäste sind zum Abendessen gegangen. Das ist gut so, denn die meisten Menschen haben es nicht gern, wenn ein Eisbär mit ihnen im Wasser herumplanscht.

Lange staunt der Bär das weite Meer an, dann stürzt

er sich hinein und sein Eisbärenherz wird vor lauter Glück ganz heiß.

„Komm zurück!", ruft endlich der kleine Zoowärter, „wir müssen nach Hause."

Und der Bär gehorcht sofort, denn er ist dem kleinen Zoowärter sehr dankbar.

„Wo seid ihr gewesen?", fragen die anderen Tiere im Zoo.

„Brumm!", schreit der Eisbär. „Am Meer! Und schön ist es da!"

„Nimm mich auch einmal mit!", bettelt der Seehund.

„Und uns!", schnattern die Enten.

„Nein, uns!", rufen die Pinguine, und der Fischotter will mit, der Seelöwe, das Nilpferd, die Wasserschildkröte und der Hecht.

„O weh!", seufzt der kleine Zoowärter. „Da ist mein Auto zu klein!"

Er macht sich an die Arbeit und baut einen Anhänger. Dann nimmt er die Tiere mit zum Meer hinaus. Sogar ein Goldfisch in einem Goldfischglas ist dabei. Langsam zottelt das kleine Auto dahin. An den Straßenrändern bleiben die Leute stehen und winken. Und so macht es der kleine Zoowärter jetzt immer. Wenn er Geld für Benzin hat, fährt er mit den Tieren zum Meer.

Der kleine Zoowärter und die Fledermäuse

An einem frühen Morgen kommen die Fledermäuse. Sie huschen im Zimmer des kleinen Zoowärters herum, bis er endlich aufwacht.

„Guten Tag", sagt er verschlafen. „Nett, dass ihr mich besucht."

„Wir besuchen dich nicht", piepst die Oberfledermaus. „Wir sind in großer Verzweiflung." Und da merkt der kleine Zoowärter, dass die Fledermäuse schrecklich aufgeregt sind.

„Das alte Schloss ist abgerissen worden!", berichten sie ihm. „Dort haben wir seit vielen Generationen gelebt! Jetzt sind wir obdachlos."

„Oh, du große Not!", sagt der kleine Zoowärter. „Was nun?"

Er bietet den Fledermäusen an, in seinem Zimmer zu übernachten. Doch so einfach ist das nicht.

„Wir übernachten nie", sagt die Oberfledermaus. „Nachts jagen wir. Wir brauchen einen Platz zum Übertagen. Aber wir können nur schlafen, wenn wir mit dem Kopf nach unten hängen."

Lange denkt der kleine Zoowärter nach. Dann läuft er in die Zoowaschküche, wo die Decken für die Pferde gewaschen werden, die Giraffenhalstücher und die Pantoffeln vom Wolf.

Rasch wickelt er die lange Wäscheleine auf und nimmt sie mit. Dann spricht er mit den anderen Tieren.

„Fledermäuse machen keinen Lärm", erklärt er.

„Nachts sind sie sowieso nicht da und am Tage schlafen sie."

„Na schön", sagt schließlich der Elefant, der sehr freundlich ist. „Wenn sie nicht schnarchen, sollen sie bei mir einziehen."

„Oh, danke!", ruft der kleine Zoowärter. „Ich danke dir sehr!"

Im hintersten Winkel des Elefantengeheges, da, wo es dämmerig ist, spannt er die Wäscheleine aus. Dann holt er die Fledermäuse.

Bald hängen sie da, die Köpfe nach unten, und schlafen. Geschnarcht haben sie bis jetzt nicht. Oder vielleicht doch? Aber dann schnarchen sie so leise, dass selbst der Elefant es nicht hört. Und der hat die größten Ohren.

Der kleine Zoowärter und das Krokodil

Mitten in der Nacht klingelt die Glocke am Tor. Der kleine Zoowärter findet seine Pantoffeln nicht, also läuft er barfuß hin.

Ein Krokodil steht draußen, die Augen voller Tränen.

„Bitte, lass mich herein", sagt es. „Ich bin heimatlos."

Der kleine Zoowärter öffnet.

„Woher kommst du denn?" fragt er.

„Ich war immer bei den Menschen", erzählt das Krokodil und schluchzt. „Von klein auf. Aber dann hat mich der Hausbesitzer verboten. Einen Goldhamster sollen sie sich halten, hat er meinen Leuten empfohlen. Huhuu!", heult das Krokodil. „Huhuuu."

„Wein' nicht", sagt der kleine Zoowärter. „Hier sind noch mehr Krokodile. Ich will dich zu ihnen führen."

„Nein!", schreit das Tier da. „Ich hasse Krokodile! Menschen liebe ich. Und Wassermelonen", setzt es hinzu.

„Nun gut“, sagt der kleine Zoowärter. „Eine Wassermelone kann ich dir morgen kaufen. Wo aber willst du schlafen?“

Das Krokodil lächelt.

„Bei dir“, sagt es zum kleinen Zoowärter.

Da kriegt der kleine Zoowärter einen furchtbaren Schreck. Er hat nämlich nur ein ziemlich schmales Bett.

„Das wird zu eng“, sagt er.

„Wieso?“, fragt das Krokodil, „schläfst du denn auch in der Badewanne?“

„Nein, das nicht. Wenn du in der Badewanne schlafen willst, dann komm.“

Ein Badetuch legt der kleine Zoowärter dem späten Gast hin, Seife, eine Zahnbürste und eine Bademütze – alles in Grün.

„Du bist ein guter Mensch“, sagt das Krokodil, als es in der Badewanne planscht. „Und zum Dank werde ich dich nie verlassen.“

Der kleine Zoowärter weiß nicht so recht, ob er sich freuen soll. Bisher hat er immer samstags ein Bad in der Wanne genommen.

„Träum was Schönes“, sagt er.

Er denkt, dass er ja zur Not beim Eisbären baden kann. Und kaum hat er das gedacht, da ist er auch schon eingeschlafen.

Der kleine Zoowärter und die Igel

Immer wenn der Winter beginnt, gibt es im Zoo besonders viel zu tun. Die Futtervorräte müssen überprüft werden, die Ställe repariert und alle Tiere, die aus dem Süden stammen, ziehen jetzt in die warmen Innengehege um. „Wir frieren!“, schreien die Affen. „Hol uns rein!“

„Nein, uns zuerst!“, kreischen die Flamingos. Und der Löwe verlangt einen warmen Schal. Ausgerechnet da bringen die Leute die Igel an. „Kleiner Zoowärter“, sagen sie, „du musst sie retten! Sie sind viel zu schwach, um die Kälte draußen zu überleben.“

Fünfzehn Igelkinder hat der kleine Zoowärter schon untergebracht. Und weil ihre Stacheln so pieksig sind, tut ihm jeder einzelne Finger weh. Als er eben die Tigerin und ihren Mann in die Winterwohnung führt, bringt ein Mädchen noch zwei Igel. Weil der kleine Zoowärter so beschäftigt ist, steckt sie ihm die beiden

einfach in die Taschen seiner Jacke. Einen links und einen rechts.

Die Papageien versorgt der kleine Zoowärter, die Kolibris und die Pantherfamilie. Endlich sind alle Tiere drinnen untergebracht. Der Eisbär aber wartet auf die Kälte und freut sich.

„Schnee!“, schreien die Raben. „Heute gibt’s noch Schnee!“

Der kleine Zoowärter verteilt das Abendfutter. Dann ist er so müde, dass ihm fast die Augen zufallen. Als er zu seinem Bett kommt, kann er sich nicht einmal mehr ausziehen. Er plumpst einfach hinein – so, wie er ist, und schläft.

Mitten in der Nacht aber wacht er auf. Da stupsen ihn zwei nasse Schnäuzchen an.

„Das träum' ich nur", sagt der kleine Zoowärter, „dass zwei Igel auf meinem Bauch sitzen!" Er greift hin und piekst sich.

„Wenn ihr *wirklich* da seid", sagt der kleine Zoowärter, „könnt ihr am Fußende schlafen." Dann schlummert er weiter. Und draußen bricht der Sturm los und bringt den ersten Schnee.

Der kleine Zoowärter und der Junge

An einem frühen Abend, als eben alle Besucher gegangen waren, herrschte große Aufregung im Zoo. Der Schakal heulte, der Esel schrie, der Storch klapperte mit seinem langen Schnabel, der Tiger fauchte und alle Affen kreischten.

„Was ist geschehen?", fragte der kleine Zoowärter.

„Schlimmes ist geschehen!", schrien die Tiere. „Schlimmes!"

Da trat der alte Pavian hervor.

„Ein kleiner Junge hat einen Stein geworfen", sprach er. „Mitten in den Affenkäfig."

Der kleine Zoowärter erschrak.

„Hat er getroffen?", fragte er bestürzt.

„Nein", sagte der alte Pavian. „Aber wir haben uns gefürchtet. Wir wollen, dass er sich entschuldigt!"

„Wie soll ich ihn finden?", meinte der kleine Zoo-

wärter und er versuchte, die Tiere zu beruhigen. Aber die Tiere ließen sich nicht beruhigen, und bis tief in die Nacht hinein wisperte und flüsterte es.

Am anderen Tag, als die Menschen kamen, wandten alle Tiere den Besuchern ihre Rückseite zu. Nicht ein einziges Tier zeigte sein Gesicht. Und sosehr die Leute auch lockten, es änderte sich nichts.

„Oh großes Unglück, warum tut ihr das?“, fragte der kleine Zoowärter verzweifelt.

„Wir wollen, dass der Junge kommt!“, knurrte der Pavian. „Der kleine Junge, der sich entschuldigen muss.“

Da schrieb der kleine Zoowärter ein großes Schild. „Der Junge, der den Stein in den Affenkäfig geworfen hat“, schrieb er, „soll kommen und sich entschuldigen. Wenn er nicht kommt, ist er ein Feigling.“

Und er trug das Schild vor sich her und marschierte damit durch die ganze Stadt. Dann ging er zurück in den Zoo und wartete. Und alle Tiere warteten mit ihm.

Es dauerte nicht lange, da öffnete jemand zaghaft das Tor und ein kleiner Junge schob sich herein.

„Ich bin kein Feigling“, sagte er. „Guten Tag.“

„Guten Tag!“, polterte der Elefant, und er packte das Kerlchen mit seinem Rüssel am Kragen und hob es hoch in die Luft.

„Du hast den Stein geschmissen“, rief der alte Pavian, „dafür werden wir dich mit Bananen bewerfen!“

„Ich spritze dich nass!“, schrie der Seehund.

„Wir picken dich!“, zwitscherten die Vögel.

„Ich spucke dich an!“, kreischte das Lama und das Nashorn wollte ihn mit seinem Nashorn kitzeln.

Da begann der Junge jämmerlich zu weinen und die Nase lief ihm auch.

„Nun ist es genug“, sagte der kleine Zoowärter. „Wenn ihr ihm Angst macht, seid ihr nicht besser als er.“

„Tut es dir leid?“, fragte er den kleinen Jungen.

Und da nickte der, dass man fürchten musste, alle Sommersprossen fielen ihm aus dem Gesicht. Man sah deutlich, dass es ihm ernst war.

Der Elefant setzte ihn behutsam nieder und die Tiere wurden still. Der kleine Junge aber ging wieder nach Hause und von dem Tag an hat nie mehr jemand im Zoo mit einem Stein geworfen.

Ja, und nun kann man die Tiere auch wieder von vorne sehen.

Der kleine Zoowärter und der Waschbär

Es ist nicht so, dass der Waschbär unbeliebt ist – ganz im Gegenteil! Der Waschbär ist ein sehr hübsches Tier und alle mögen ihn. Nur seine ständige Wascherei fällt den anderen manchmal auf die Nerven.

„Du weißt genau, wie gern ich Trockenfutter esse", sagt der Papagei zum kleinen Zoowärter. „Aber dauernd sind meine Körner nass!"

„Sie waren schmutzig", ruft der Waschbär. „Da hab ich sie gewaschen. Dankbar solltest du mir sein!"

Das Spielzeug der kleinen Affen hat er durchs Wasser gezogen und sogar das Känguru-Kind hat er gewaschen, obschon es wasserscheu ist und dabei geschrien hat wie am Spieß.

„So geht das nicht", sagt der kleine Zoowärter eines Tages. „Wenn du unbedingt etwas waschen musst, dann geh in mein Zimmer, da liegen schmutzige Hemden."

„Fein!", schreit der Waschbär und hoppelt los.

Als der kleine Zoowärter nach Hause kommt, kriegt er einen gewaltigen Schreck. Alles ringsum ist nass! Die Schuhe hat der Waschbär gewaschen, den Lampenschirm und sogar die Bücher. Kein einziger Buchstabe ist mehr darin, so fleißig hat er sie geschrubbt.

„Das … darf doch nicht wahr sein", stammelt der

kleine Zoowärter. „Du bist der dümmste Bär, den ich je gesehen habe!"

Da heult der Waschbär los und rennt davon.

„Was ist denn passiert?", fragen die anderen Tiere. Der Waschbär kann überhaupt nicht mehr aufhören zu weinen.

„Komm her", sagt die Giraffe endlich, „du darfst mir den Hals waschen. Das wird dich beruhigen."

Tatsächlich – bald geht es dem Waschbären besser.

„Ich wollte dich nicht kränken", sagt der kleine Zoowärter. „Ist ja alles halb so schlimm. In die leeren Bücher kleben wir einfach Fotos. Von jedem Tier eins."

Der kleine Zoowärter und das Kamel

Die Tage im Zoo ähneln sich wie ein Gänseblümchen dem anderen. Morgens geht die Sonne auf, dann recken und strecken sich die Tiere und haben Hunger. Der kleine Zoowärter bringt das Futter. Er streichelt die Pelztiere, die Federtiere und den Fischen blinzelt er zu.

Manchmal regnet es natürlich, aber dann ist es auch nicht viel anders. Höchstens, dass der kleine Zoowärter einen Schirm trägt.

Einmal im Jahr jedoch gibt es ein großes Fest. Dann hat nämlich der kleine Zoowärter Geburtstag. Das letzte Mal waren die Tiere schon einen Tag vorher furchtbar aufgeregt. Und um vier, als es noch stockdunkel war, konnte der Papagei den Schnabel nicht mehr halten, und er schrie: „Herzlichen Glückwunsch!“ und wollte nicht mehr aufhören. Da lief der kleine Zoowärter im Nachthemd herbei und er freute sich. „Lieber kleiner

Zoowärter“, sprach der goldene Löwe, „wir wollen dich ehren. Aber dazu ist es notwendig, dass du alle Käfige öffnest.“

„Hm“, sagte der kleine Zoowärter, „das ist eigentlich nicht gestattet. Aber wenn ihr mir versprecht, dass ihr friedlich miteinander seid, will ich es tun.“

Da jauchzten die Tiere vor Freude und nur das Kamel sagte nichts. Es ist überhaupt ein stilles Tier und die anderen halten es für unfreundlich.

Die großen Raubkatzen sprangen aus ihren Käfigen, die Elefanten schlossen sich ihnen an, die Vögel flatterten umher, die Eselchen galoppierten im Kreis, das Nashorn kam herbei und sogar das dicke Nilpferd hob sich aus seinem Bassin. Nur die Fische blieben natürlich zu Hause. Ihnen war es draußen zu trocken.

„Wir wollen einen Umzug machen", brüllte der Löwe.

Da gingen alle Tiere brav hintereinander her. Die Elefanten trompeteten einen Geburtstagsmarsch, zwei Lerchen sangen dazu, die Äffchen bauten eine Pyramide, die Schwäne tanzten, der Seehund balancierte sein kleines Seehundkind auf der Nase – ganz vorsichtig natürlich, damit es nicht hinunterfiel – und das Känguru hatte sich etwas besonders Hübsches ausgedacht. Es hatte Blumen gepflückt, und nun hüpfte es immer vor dem kleinen Zoowärter her und streute sie aus seinem Beutel auf den Weg.

Und weil inzwischen die Sonne aufgegangen war, kamen auch die Besucher in den Zoo.

„Der kleine Zoowärter hat Geburtstag!", riefen sie. „Aber wo ist er denn?"

Weil er so klein war, konnten sie ihn zwischen den großen Tieren nicht sehen.

„Klettere auf meinen Rücken", wieherte das Wildpferd.

„Oder auf meinen!“, bellte der Wolf.

„Ich will dich tragen“, bat der Auerochse und viele Tiere boten sich an.

Der kleine Zoowärter aber wählte das Kamel. Und das Kamel kniete nieder, damit er hinaufsteigen konnte.

„Da ist er!“, schrien die Leute. „Hoch, hoch, hoch!“

Und es wurde ein wunderschöner Geburtstag. Das Kamel aber war so stolz, den kleinen Zoowärter auf seinem Rücken getragen zu haben, dass es seit diesem Tage ein winziges Lächeln in seinem Gesicht trägt.

Geschichten vom kleinen Stationsvorsteher

Der kleine Stationsvorsteher und der blinde Passagier

Der kleine Stationsvorsteher war gerade damit beschäftigt, den Bahnsteig sauber zu fegen, da hörte er plötzlich hinter sich eine Stimme.

„Ich will mit der Eisenbahn fahren“, sagte die Stimme und als der kleine Stationsvorsteher sich umdrehte, stand er einem winzigen sommersprossigen Jungen gegenüber.

„Später“, sagte der Stationsvorsteher. „Zuerst musst du noch wachsen.“

„Ich will aber sofort fahren“, beharrte der Junge. Da baute ihm der kleine Stationsvorsteher eine Kindereisenbahn aus Stühlen.

Aber der Junge wollte keine Kindereisenbahn, er wollte mit der richtigen Eisenbahn fahren. Alle Tage kam er von nun an.

„Lass mich mitfahren“, bettelte er.

Doch das konnte der kleine Stationsvorsteher nicht erlauben. Er strich ihm über die Haare und schenkte ihm Bonbons, aber der Junge blieb untröstlich.

Da geschah es eines Tages. Der kleine Stationsvorsteher hatte eben das Signal auf „freie Fahrt“ gestellt, als der winzige sommersprossige Junge blitzschnell auf das Trittbrett eines Zuges sprang und mitfuhr. Niemand hatte etwas davon gemerkt.

Am Abend jedoch, als derselbe Zug wieder die Bahnstation anlief, stieg der Schaffner aus und zerrte den Jungen am Kragen hinter sich her.

„So ein Bürschchen!“, rief er. „Er ist ganz allein mitgefahren und Fahrgeld hat er auch nicht bezahlt!“

„Hm“, machte der kleine Stationsvorsteher und es war ihm ein bisschen peinlich, dass so etwas auf seiner Bahnstation geschehen war.

„Ich habe Wälder gesehen mit Vögeln darüber“, sagte der Junge begeistert, „und einen Fluss, so breit, wie die Eisenbahn lang ist!“

„Und jetzt gehen wir zur Polizei!“, fuhr ihn der Schaffner an.

Da begann der winzige sommersprossige Junge zu weinen, dass auch der kleine Stationsvorsteher ganz traurig wurde.

„Warte einen Augenblick!“, rief er.

Und er lief nach Hause und begann überall nach Geld zu suchen. In der Zuckerdose fand er fünfzig Pfennige, unter der Matratze eine Mark zehn, fünf Pfennige auf dem Fensterbrett und zwei Groschen in seinem linken Pantoffel. Aber weil der Junge ziemlich weit gefahren war, reichte das nicht für sein Fahrgeld.

„Sehr verehrte Fahrgäste", sagte darum der kleine Stationsvorsteher zu den Leuten, die sich aus den Zugfenstern lehnten und alles mit angehört hatten, „sehr verehrte Herrschaften, ich bitte um eine kleine Spende."

Er hielt seine Mütze hin und alle Leute warfen ein Geldstück hinein. So kam es, dass der Junge sein Fahrgeld nun doch bezahlen konnte.

„Danke schön", sagte er zum kleinen Stationsvorsteher.

Er griff in seine Tasche und holte eine Handvoll bunter Murmeln hervor.

„Für dich."

Und dann ist er nach Hause und gleich ins Bett gegangen, denn er war schrecklich müde.

„So ein Bürschchen!", brummte der kleine Stationsvorsteher, und er hockte sich auf den Bahnsteig und spielte mit den Murmeln.

Der kleine Stationsvorsteher und die Kuh

An einem bunten, fröhlichen Sommertag putzte der kleine Stationsvorsteher sein Fahrrad. Das Vorderrad putzte er, das Hinterrad und die Lenkstange auch. Und als es Zeit für den Zug war, der nach Rom fährt, stellte er das Signal auf „frei".

Der Zug nach Rom hatte noch niemals bei ihm angehalten, er fegte immer nur vorüber wie ein silberner Blitz. Aber heute sollte es anders kommen! Kaum hatte die Lokomotive die Station erreicht, da begann sie zu pfeifen wie in größter Not und noch ehe der kleine Stationsvorsteher erkennen konnte, was eigentlich los war, hielt der Zug auch schon mit quietschenden Bremsen.

„Was ist geschehen?", riefen die Fahrgäste und sie lehnten sich weit aus den Fenstern. „Eine Kuh steht auf den Gleisen", sagte der Lokomotivführer, während er ausstieg. „Eine verflixte Kuh!" Es war eine hübsche,

schwarz-weiß gesprenkelte Kuh. Doch obwohl sie ein sehr freundliches Gesicht hatte, dachte sie nicht daran fortzugehen.

„Los!“, befahl der Lokomotivführer, „marsch!“, und er versuchte, das Tier von hinten ein bisschen anzuschieben.

Aber es half nichts. Und auch als der Heizer dazukam, ging die Kuh nicht fort. Sie machte nur einfach die Augen zu. Da stiegen die Fahrgäste aus.

„Wir wollen weiterfahren!“, riefen sie empört.

„Dann müsst ihr alle mithelfen“, meinte der Lokomotivführer.

Und das taten die Leute dann auch. Nur ein paar machten sich heimlich aus dem Staube. Sie fürchteten sich vor der Kuh. Das lag daran, dass sie in den großen Städten zu Hause waren, wo man das ganze Jahr über nur Autos sieht.

Der Lokomotivführer, der Heizer und die Fahrgäste drückten und zogen aus Leibeskräften, aber die Kuh bewegte sich nicht einen Millimeter fort. Da tupften sie sich den Schweiß von der Stirn und schimpften, so laut sie nur konnten.

„Steigt nur alle wieder ein“, sagte plötzlich der kleine Stationsvorsteher hinter ihnen. „Ich mache das schon.“

„Du?“, grinste der Lokomotivführer, „ein Kerlchen wie dich wird diese Kuh mit einem einzigen Atemstoß wegpusten.“

Doch der kleine Stationsvorsteher lächelte nur. Er nahm seine Geige und begann zu spielen. Ganz langsam schritt er vor der Kuh her in die Wiese hinein. Und wahrhaftig – die Kuh hob den Kopf und folgte ihm. Sie wurde sehr fröhlich von der Musik und weil der kleine Stationsvorsteher das merkte, ging er mit der Kuh noch ein wenig spazieren.

Die Leute aber haben den kleinen Stationsvorsteher sehr bewundert. Und der Zug ist nun doch noch in Rom angekommen – beinahe pünktlich.

Der kleine Stationsvorsteher und das Eichhörnchen

Jeden Mittag um drei, wenn der kleine Stationsvorsteher eben sein Schläfchen unter dem Apfelbaum beendet hat, fährt der Nachmittagszug in die Bahnstation ein.

„Der Nachmittagszug ist ein ruhiger Zug", denkt der kleine Stationsvorsteher manchmal. „Nie ist etwas Besonderes mit ihm los."

Aber das sollte sich eines Tages ändern.

„Kleiner Stationsvorsteher!", rief der Schaffner ganz aufgeregt, als die Lokomotive noch nicht einmal zum Stehen gekommen war. „Du musst mir helfen!"

„Wobei denn?", wollte der kleine Stationsvorsteher wissen.

„Alle Leute streiten miteinander", sagte der Schaffner verzweifelt. „Die Großen mit den Kleinen und die Dicken mit den Dünnen."

Da stieg der kleine Stationsvorsteher ein und sah sich

die Sache an. Mitten im Wagen saß ein Eichhörnchen mit tintenklecksschwarzen Augen.

„Dieses Eichhörnchen“, sagte der Schaffner, „ist an allem schuld.“

„Woher kommt es denn?“, fragte der kleine Stationsvorsteher.

„Es muss irgendwo unbemerkt zugestiegen sein“, der Schaffner betupfte seine Stirn mit einem grünkarierten Taschentuch, „und …“

„Es gehört mir“, behauptete eine Frau mit einem Blumenhut. „Seht, da sitzt es in meiner Tasche!“ Aber gerade in dem Augenblick sprang das Eichhörnchen auf die Schulter eines älteren Herrn.

„Hier erkennt ihr, wem es gehört!“, rief er. „Ich will es mit nach Hause nehmen und in einem Käfig halten.“

Schwupp – hüpfte das Eichhörnchen in den Seidenschirm einer jungen Dame.

„Es ist mein Eichhörnchen“, sagte sie. „Ich werde es an der Leine spazieren führen.“

„Mir gehört es“, schluchzte ein kleines Mädchen. „Es hat von meinem Butterbrot gegessen.“

„Ich will es meiner Frau zum Geburtstag schenken“, erklärte ein Herr mit einer Zigarre.

„Nein!“, schrie ein stupsnäsiger Junge zornig. „Es ist meins und ich nehme es mit ins Bett!“

Während die Leute so stritten, sprang das Eichhörnchen ins Gepäcknetz und in einen Reisekorb, es schlüpfte einem Herrn ins linke Hosenbein und plötzlich saß es sogar einer würdigen alten Dame mitten auf dem Kopf.

Der kleine Stationsvorsteher hätte sehr gern ein bisschen gelacht, aber dazu war die Situation natürlich viel zu ernst.

„Das Eichhörnchen gehört mir!“, schrien die Leute sich gegenseitig an, und sie schüttelten die Fäuste und sahen zornig aus.

„Hört einmal zu“, sagte da der kleine Stationsvorsteher leise. „Ihr irrt euch alle. Das Eichhörnchen gehört

keinem von euch. Eichhörnchen gehören nämlich nie jemandem. Sie brauchen Freiheit und Nüsse und das Blättergewisper in den Gipfeln der Bäume."

„Ja, aber …", sagten die Leute.

Doch dann sahen sie es plötzlich ein. Sie senkten betreten die Köpfe und schwiegen.

Da trug der kleine Stationsvorsteher das Eichhörnchen mitten in den grünen, sonnengefleckten Wald. Husch, ist es an einem Baumstamm emporgeklettert, immer höher und höher, bis es nicht mehr zu sehen war.

Der kleine Stationsvorsteher und der leere Zug

Der kleine Stationsvorsteher dachte an nichts Besonderes, als er den Zug einfahren sah. Es war ein Zug wie andere Züge auch. Doch als er das Zeichen zur Abfahrt gab, blieb die Lokomotive stumm und still stehen. Der kleine Stationsvorsteher pfiff auf seinem Pfeifchen – nichts geschah. „Abfahren!", rief er. „Abfahren!"

Der Zug bewegte sich nicht. Da sprang der kleine Stationsvorsteher auf das Trittbrett und schaute in die Lokomotive.

„So was!", staunte er, „da ist ja niemand drin!"

Und als er feststellte, dass auch alle Wagen leer waren, kratzte er sich nachdenklich hinterm rechten Ohr.

„Der Zug ist ganz allein gekommen", dachte er. „Er muss irgendwo fortgerollt sein."

Aber weil ein leerer Zug nicht einfach auf den Schienen stehen bleiben und alles versperren darf, beschloss

der kleine Stationsvorsteher, ihn auf das Abstellgleis zu schieben.

„Ohne Hilfe schaffe ich es nicht", merkte er bald und er ging zum Bauern, lieh sich die Pferde aus und spannte sie vor.

Doch die Pferde waren nicht stark genug. Da ging der kleine Stationsvorsteher wieder zum Bauern. Er borgte sich die Kühe und spannte sie vor die Pferde. Die Pferde und die Kühe strengten sich wirklich an – aber sie schafften es nicht. So musste der kleine Stationsvorsteher noch einmal zum Bauern gehen und diesmal brachte er die Schafe mit. Die Pferde, die Kühe und die Schafe legten sich mächtig ins Zeug, aber der Zug war zu schwer. Da lief der kleine Stationsvorsteher zum vierten Male zum Bauern und holte die Schweinchen. Die Pferde, die Kühe, die Schafe und die Schweinchen zerrten und zogen so mächtig, dass sich der Zug wirklich ein ganz klein bisschen bewegte.

„Ein Tier fehlt noch", sagte der kleine Stationsvorsteher zum Bauern. „Wenn du mir noch ein Tier gibst, schaffen wir es."

„Jetzt habe ich nur noch den bunten Hahn", meinte der Bauer. „Alle anderen Tiere hast du schon mitgenommen."

Und er gab dem Stationsvorsteher den bunten Hahn.

„Du wirst mir wohl auch nicht helfen können“, sagte der kleine Stationsvorsteher zum Hahn. Aber er spannte ihn trotzdem vor.

Da breitete der bunte Hahn seine Flügel aus und weil er über gerade so viel Kraft verfügte, wie noch gefehlt hatte, konnten die Tiere nun alle miteinander den Zug fortziehen.

„O, danke schön. Vielen Dank!“, rief der kleine Stationsvorsteher. Dann brachte er die Pferde, die Kühe, die Schafe und die Schweinchen nach Hause zurück. Den Hahn trug er auf seiner Schulter.

„Kikiriki!“, schrie der bunte Hahn. Er fühlte sich großartig, denn er hatte schließlich einen Eisenbahnzug fortbewegt. Und vor lauter Stolz plusterte er sich auf, bis er so dick wie ein Sofakissen war.

Der kleine Stationsvorsteher und der Zirkus-Zug

Einmal, an einem gewöhnlichen Freitag – der kleine Stationsvorsteher hatte soeben seine Spiegeleier gegessen –, fährt ein ganz besonderer Zug in die Bahnstation ein. Es ist ein Zug voller Tiere. In einem Wagen sitzen Affen. Sie tragen rote und blaue Jäckchen und schauen ernsthaft zum Fenster hinaus. In einem anderen Abteil hockt eine Eisbärmama mit ihrem Eisbärenbaby. Da sind Ponys, Seehunde, Löwen, Tiger und Elefanten. Und ganz hinten, am Ende des Zuges, fährt eine Giraffe mit, die so groß ist, dass der kleine Stationsvorsteher den Kopf in den Nacken legen muss, um sie ganz zu sehen.

„Guten Tag!", springt da ein regenbogenbunter Clown aus einem der Wagen. „Wir sind ein Zirkus auf der Durchreise."

Und er läuft den Bahnsteig entlang und schaut nach seinen Tieren.

„Alles in Ordnung!“, ruft er.

Doch anstatt nun das Abfahrtsignal für den Zug zu geben, macht der kleine Stationsvorsteher ein äußerst bedenkliches Gesicht.

„Mit der Giraffe kommt ihr nicht unter der Brücke hindurch“, meint er.

„Wir müssen durch“, sagt der Schaffner. „Schließlich können wir nicht hierbleiben.“

Da holt der kleine Stationsvorsteher eine Leiter und einen Zollstock, und sie messen die Brücke aus.

„Drei Meter fünfzig“, sagt der Lokomotivführer.

„Nun messen wir die Giraffe!“, ruft der Clown, und er legt die Leiter an den Giraffenhals und klettert empor. „Fünf Meter vierzig“, misst er. „Dann ist sie zu groß“, stellt der Heizer fest.

„Wer sagt, dass die Giraffe zu groß ist?“, meint der Clown, „die Brücke ist zu niedrig.“

„Die Giraffe muss aussteigen“, befiehlt der Lokomotivführer. „Sonst können wir nicht weiterfahren.“

„O nein“, der Clown schüttelt den Kopf. „Die Giraffe bleibt drin! Sie hat nämlich Fahrgeld bezahlt.“

„Fahrgeld hin, Fahrgeld her!“, ruft der Schaffner und es dauert keine Minute, da sind sie alle miteinander im Streit. Sogar die Tiere beteiligen sich. Die Ponys wiehern, die Seehunde bellen, die Elefanten trompeten, die

Eisbären brummen, die Tiger fauchen, die Löwen brüllen und die Affen trommeln gegen die Fensterscheiben.

Nur die Giraffe schaut freundlich auf alle hinab und sie tut, als gehe sie das Ganze nichts an.

Endlich, als die Männer von der Aufregung so müde geworden sind, dass sie nicht mehr weiterstreiten können, fällt dem kleinen Stationsvorsteher etwas ein. Er rupft im Garten ein paar Salatblätter aus und wirft sie der Giraffe in den Wagen.

„Passt auf!", sagt er – und wahrhaftig, die Giraffe senkt ihren Kopf und beginnt zu fressen.

Und weil sie dadurch zwei Meter kleiner wird, kann der Zug nun ohne Schwierigkeiten unter der Brücke hindurchfahren.

„Ja, ja", brummt der kleine Stationsvorsteher stolz und den ganzen langen Tag fühlt er sich wunderbar.

Der kleine Stationsvorsteher und die Drei

In der Morgendämmerung, wenn die Sonne noch hinter den Bergen schläft, läuft der Frühzug in die Bahnstation ein. Mit dem Frühzug fahren die Bauern zum Markt.

„Kleiner Stationsvorsteher", sagte einmal eine Bäuerin mit einem bunten Kopftuch, „ich muss in die Stadt, um Kohlköpfe zu verkaufen. Willst du solange auf meine Drei aufpassen?"

„Aber ja", antwortete der kleine Stationsvorsteher, denn er war ein äußerst höflicher Mann.

Da reichte ihm die Bauersfrau ein Kind, einen Hund und ein Schweinchen zum Fenster heraus. „Heute Abend hole ich sie wieder ab."

„Seid schön artig", sagte der kleine Stationsvorsteher und er gab dem Kind ein Wurstbrot, streichelte den Hund und band das Schweinchen am Gartenzaun fest.

Doch der Hund nahm dem Kind das Wurstbrot fort und das Schweinchen riss sich los. Da tröstete der kleine Stationsvorsteher das Kind, schimpfte mit dem Hund

und fing das Schweinchen wieder ein. Er gab dem Kind einen Ball und band den Hund und das Schweinchen am Gartenzaun fest. Doch das Schweinchen buddelte ein Loch, der Hund heulte, und dem Kind rollte der Ball davon und es lief hinterher.

Da schimpfte der kleine Stationsvorsteher mit dem Schweinchen, tröstete den Hund und fing das Kind wieder ein. Und weil es ihm so am besten erschien, band er auch das Kind am Gartenzaun an. Aber das Kind weinte, der Hund bellte und das Schweinchen quiekte laut.

„Seid still", sagte der kleine Stationsvorsteher, „ich binde euch wieder los."

Und weil er keinen anderen Rat mehr wusste, nahm er sie alle drei mit ins Haus.

„Das Schweinchen unter den Herd", befahl er, „der Hund auf den Teppich und das Kind ins Bett!"

Dann ging er hinaus, um das Signal für den nächsten Zug zu stellen. Aber als er wieder ins Haus kam, kriegte er einen Schreck: Da saß doch das Schweinchen im Sessel, der Hund lag im Bett und das Kind spielte unter dem Herd mit den Kohlen! Aber weil er froh war, dass die drei nun ruhig blieben, ließ er sie dort, wo sie gerade waren.

„Waren sie artig?", fragte die Bäuerin am Abend und

sie schenkte dem kleinen Stationsvorsteher drei kugelrunde Kohlköpfe.

Der kleine Stationsvorsteher nickte stumm. Und weil er ein bisschen verwirrt war, klopfte er dem Kind den Rücken, streichelte das Schweinchen und reichte dem Hund die Hand.

„Ich glaube“, dachte er bei sich, „mit Eisenbahnen weiß ich besser Bescheid.“

Und das stimmte ja auch.

Der kleine Stationsvorsteher und das Jubiläum

An einem Tag im Hochsommer, als die weißen Wölkchen so leicht und duftig aussahen wie Watteflöckchen, hatte der kleine Stationsvorsteher sein Dienstjubiläum.

„Nun bin ich zehn Jahre Stationsvorsteher", dachte er bei sich, während er seine Schuhe blank polierte, „aber noch nie bin ich mit einer Eisenbahn gefahren."

Doch weil er keine Lust hatte, an einem so schönen Tag traurig zu sein, lächelte er und ging hinaus, um seine Arbeit zu tun. Kaum war er auf dem Bahnsteig, da fuhr ein Sonderzug ein. Eine Musikkapelle stieg aus und ein Herr mit einem Zylinderhut.

„Sehr geehrter kleiner Stationsvorsteher", sagte der Herr mit dem Zylinderhut. „Die Eisenbahndirektion gratuliert zum zehnjährigen Dienstjubiläum!"

Und er drückte dem kleinen Stationsvorsteher einen

riesigen Blumenstrauß in die Arme. Dann begann die Musikkapelle zu spielen. „Hoch soll er leben", trompete, geigte und trommelte es, „dreimal Hoch!"

Natürlich war der kleine Stationsvorsteher stolz. Aber

er war auch schrecklich verlegen. So verlegen war er, dass er sich hinter seinem Blumenstrauß versteckte.

„Nun laden wir Sie zu einer Reise ein", sagte der Herr von der Eisenbahndirektion, und da stieg der kleine Stationsvorsteher in den Zug und der ganze Zug war nur für ihn da.

„Wohin sollen wir fahren?", fragte der Schaffner. „Vielleicht ein Stückchen geradeaus", meinte der kleine Stationsvorsteher.

Er setzte sich in den Speisewagen. Und weil er essen durfte, was er wollte, bestellte er sich eine große Schüssel Majonäse. Es war wunderschön, mit der Eisenbahn zu fahren. Nur als er sah, wie seine Station immer kleiner und kleiner wurde und schließlich verschwand, da war dem kleinen Stationsvorsteher ein wenig seltsam zumute. Er trank ein Gläschen Wein, die Musiker spielten ihm ihre fröhlichsten Weisen vor und der Herr von der Eisenbahndirektion sagte, er dürfe die Füße ruhig auf die Polsterbank legen.

Aber so wunderbar das auch alles war – der kleine Stationsvorsteher bekam ganz langsam ein bisschen Heimweh.

„Wohin sollen wir jetzt fahren?", fragte der Schaffner. „Links geht es nach Schweden und rechts nach Italien."

„Ach", meinte der kleine Stationsvorsteher schüch-

tern, „wenn es Ihnen nichts ausmacht, dann fahren Sie doch bitte zurück.“

So war er dann bald wieder auf seiner kleinen Bahnstation. Die Musiker hoben ihn auf ihre Schultern und ließen ihn noch einmal hochleben, dann fuhr der Sonderzug weiter.

„Es war ein schöner Tag“, dachte der kleine Stationsvorsteher. „Und solange ich lebe, werde ich ihn nie vergessen.“

Geschichten vom kleinen Schornsteinfeger

Der kleine Schornsteinfeger und der Fremde

Manchmal geschieht es, dass sich der kleine Schornsteinfeger auf den Dächern ein wenig allein fühlt.

Wie nett wäre es, wenn jemand da wäre, mit dem ich sprechen könnte, denkt er sich. „Schau nur, wie blau der Himmel ist“, würde ich sagen. „Und wie schwarz die Schornsteine.“

Aber es war niemand da. Bis eines Tages etwas Überraschendes passierte. Auf dem großen, flachen Dach vom Kaufhaus Talmi landete ein Flugzeug. Es war ein kleines Flugzeug und es sah sehr müde aus.

Natürlich lief der kleine Schornsteinfeger sofort hin und er sah, wie aus dem Flugzeug ein Mann ausstieg.

„Guten Tag“, sagte der kleine Schornsteinfeger. „Tokaja hudi“, antwortete der Mann.

Er war nämlich ein Ausländer.

KAUFHAUS
Talmi

„Macht nichts!“, meinte der kleine Schornsteinfeger. „Schau nur, wie blau der Himmel ist!“

Da legten sie beide die Köpfe in den Nacken und blickten hinauf.

„Und wie schwarz die Kamine“, sagte der kleine Schornsteinfeger.

Und sie beugten sich beide tief in die Kamine hinab, und als sie wieder hervorkamen, war der fremde Mann ebenso schwarz wie der kleine Schornsteinfeger.

„Nun bist du mein Freund“, lachte der kleine Schornsteinfeger, und der fremde Mann nickte und sagte: „Tik."

Es war sehr schön. Aber leider blieb es nicht so. Weil nämlich sehr selten ausländische Gäste die Stadt besuchen, lud der Bürgermeister den fremden Mann ein, herunterzusteigen. Alle Leute schüttelten ihm die Hand, und manche schenkten ihm Tulpen und Vergissmeinnicht.

Der kleine Schornsteinfeger aber stand irgendwo im Hintergrund und kam nicht mehr an seinen Freund heran. Am Abend gab es dann ein richtiges Fest. Der Bürgermeister hielt eine Rede und der Fremde bekam einen Orden umgehängt. Schließlich war er als Erster mit einem Flugzeug auf dem Kaufhaus Talmi gelandet. Viele, viele Leute waren da. Aber immer, wenn der fremde Mann unter der Menge den kleinen Schornsteinfeger erblickte, zwinkerte er ihm zu. Und der kleine Schornsteinfeger zwinkerte zurück.

„Er hat mit mir in den Himmel geschaut und in die Kamine", dachte er. „Er ist mein Freund."

Die ganze Nacht wurde in der Stadt gefeiert. Am anderen Morgen aber ist der fremde Mann wieder in sein Flugzeug gestiegen. Der kleine Schornsteinfeger stand schon auf der Straße. Da kreiste das Flugzeug dreimal über seinem Kopf, und das hieß soviel wie „Auf Wiedersehen" und „Ich vergesse dich nicht".

Der kleine Schornsteinfeger aber winkte mit beiden Armen.

„Tokaja hudi!“ rief er. „Tokaja hudi!“

Bis das Flugzeug in der Ferne verschwunden war.

Der kleine Schornsteinfeger und die Dachmaus

An einem nebeligen Tag geht der kleine Schornsteinfeger über die Dächer, als er plötzlich etwas vor sich herhuschen sieht.

„Wer war das?", fragt der kleine Schornsteinfeger sich selbst. „Für eine Katze ist es nicht groß genug."

Aber sosehr er auch sucht, er kann das Tier nicht mehr entdecken. Erst am nächsten Tag saust es wieder an ihm vorbei.

„Eine Maus!", ruft der kleine Schornsteinfeger. „Wie kommt eine Maus aufs Dach?"

Gleich beginnt er, sich große Sorgen zu machen. Es kann ja nicht lange dauern, bis die Katzen die Maus entdecken. Und dann ist es aus mit ihr! „Der kleine Schornsteinfeger jagt hinter einer Maus her", erzählen sich die Leute. „Seit Tagen versucht er, sie zu fangen. Aber immer entwischt sie ihm."

Sie lachen sehr über den kleinen Schornsteinfeger. Vor allem der Herr Fichterich. Fast fällt ihm die Brille von der Nase vor lauter Lachen. Währenddessen schleicht der kleine Schornsteinfeger über die Dächer und versucht, die Maus mit Speck zu locken. Und hinter ihm tigern die Katzen, die irgendwie herausgekriegt haben, was los ist.

Nach einer Weile sind die ersten Schornsteine verstopft. Beim Fräulein Rosenrot qualmt es bis in die Küche hinein.

„Warte noch ein bisschen", sagt der kleine Schornsteinfeger, „ich komme dann schon."

Plötzlich hat er einen Einfall. Oben auf den Dächern zieht er seinen rechten Stiefel aus und trägt ihn vor sich her. Und als die Maus wieder einmal vorüberhuschen will, hält er blitzschnell seinen Stiefel hin und sie saust wahrhaftig hinein! Alle Katzen gucken dumm.

Der kleine Schornsteinfeger aber humpelt von den Dächern hinab und trägt die Maus aus dem Ort hinaus, dahin, wo der Wald beginnt.

„Lauf los!", sagt er, „und pass gut auf dich auf!"

„Das muss man schon sagen", tuscheln die Leute einander zu, „ein gutes Herz hat er wirklich, unser kleiner Schornsteinfeger."

Der kleine Schornsteinfeger und der schöne Vogel

Eines Morgens, der kleine Schornsteinfeger hatte sich eben die Zähne und die Schuhe mit zwei verschiedenen Bürsten geputzt, klopfte es heftig an die Tür.

„Herein!“, rief der kleine Schornsteinfeger.

Es war Frau Grünlich.

„Kleiner Schornsteinfeger“, sagte sie, „mein Kamin ist verstopft. Die ganze Stube ist voller Qualm und ich kann keine Suppe für meine fünf Kinder kochen.“

Der kleine Schornsteinfeger sah sich die Sache an. Und weil es wirklich sehr schlimm war, stieg er aufs Dach. Da entdeckte er auf dem Kamin der Frau Grünlich ein großes Vogelnest. Und in dem Vogelnest saß ein wunderschöner Vogel.

„Guten Morgen“, sagte der kleine Schornsteinfeger. „Ich möchte dich bitten, auszuziehen. Dein Nest verstopft den Kamin.“

„Puh“, sagte der Vogel. „Ich bin der schönste Vogel der Welt und ich wohne, wo ich will!“

„Aber die Frau Grünlich kann den Ofen nicht heizen“, erklärte der kleine Schornsteinfeger. „Und ihre fünf kleinen Kinder haben zehn kalte Füße.“

Doch das war dem Vogel gleichgültig.

Da holte der kleine Schornsteinfeger die Frau Grünlich und ihre Kinder aufs Dach, damit sie mit dem Vogel redeten. Aber der Vogel stellte sich taub.

„So gehe ich zum Bürgermeister!“, rief der kleine Schornsteinfeger und das tat er dann auch.

Der Bürgermeister setzte seine Brille auf und schrieb einen amtlichen Befehl.

„Im Namen der Stadt“, schrieb er. „Der schöne Vogel soll ausziehen. Und zwar heute noch!“

Aber der Vogel zupfte das Papier kaputt und störte sich nicht daran. Vielleicht konnte er auch nicht lesen.

Jedenfalls wurden nun alle Leute in der Stadt sehr zornig. Und wenn der schöne Vogel durch die Straßen flog, ballten sie die Fäuste und schimpften ihm nach. Die arme Frau Grünlich wickelte ihre Kinder in Wolldecken ein und fütterte sie mit kalter Milch.

So konnte es natürlich nicht weitergehen. Aber niemand wusste einen Rat. Auch der kleine Schornsteinfeger nicht. Wenn er oben auf den Dächern seiner Arbeit

nachging, sprach er kein einziges Wort mit dem schönen Vogel. Ja, er schaute ihn nicht einmal an.

Da geschah es eines Tages, dass ihn der Vogel am Hosenbein zupfte.

„Kleiner Schornsteinfeger", zwitscherte er leise, „ich bin der schönste Vogel der Welt. Aber niemand bewundert mich. Und niemand hat mich lieb."

„Das kommt, weil du ein kaltes Herz hast", sagte der kleine Schornsteinfeger.

Da senkte der Vogel seinen Kopf und schämte sich. Noch am selben Tag ist er ausgezogen. Jetzt wohnt er im Wipfel der alten Linde. Und wenn er durch die Straßen der Stadt fliegt, winken die Leute ihm freundlich zu, sogar Frau Grünlich. Und der kleine Schornsteinfeger auch.

Der kleine Schornsteinfeger und das Gewitter

Am Morgen ist der Tag ein schöner, warmer Sommertag. Die Vögel zwitschern und die Katzen sonnen sich auf den Fensterbänken.

Mittags wird es aber fürchterlich heiß. Da hecheln die Hunde, dass ihnen die Zunge lang aus dem Maul hängt. Die Frau Immergrün stellt die Füße in eine Wanne mit kaltem Wasser und der Bürgermeister Wichterich legt sich ein nasses Tuch auf den Kopf.

Der kleine Schornsteinfeger arbeitet auf den Dächern.

Wenn es doch nur regnen würde, denkt er und hält nach Wolken Ausschau.

Ganz fern zieht es schwarz am Himmel auf. Da setzt sich der kleine Schornsteinfeger mit dem Rücken an einen Kamin und wartet. Zuerst weht ein Windchen heran.

„Schön, dass du kommst", sagt der kleine Schornsteinfeger, „da wird es gleich ein bisschen kühler."

Dann wird es dunkel. Bald fallen die ersten Tropfen. Der kleine Schornsteinfeger hebt sein Gesicht zum Himmel empor und lässt sich nass regnen. Dass es zu donnern beginnt, macht ihm gar nichts aus.

„Toll!“, schreit er, als der Blitz sein Zickzacklicht aufflammen lässt.

Jetzt regnet es heftiger. Der kleine Schornsteinfeger zieht die Schuhe aus, damit seine Füße auch etwas abbekommen.

„Rums!“, schlägt der Donner seine Trommel. „Brumms!“

Und der Zickzackblitz tanzt am Himmel entlang und macht alles hell.

„Der kleine Schornsteinfeger ist noch auf den Dächern!“, schreit die Frau Grünlich.

„O weh, o weh!“, sagt der Herr Hammelbein. „Da ist er in Gefahr! Wir müssen ihn retten!“ Sie spannen ihre Schirme auf und rennen los. Aber sosehr sie auch winken und rufen, der kleine Schornsteinfeger bemerkt sie nicht einmal.

Als endlich das Gewitter vorbei ist, steigt er vergnügt vom Dach herab.

„Großartig war es“, sagt er.

Und weil es so stark geregnet hat, ist der kleine Schornsteinfeger so weiß, als wäre er ein Bäcker.

Der kleine Schornsteinfeger und die Kirchturmhennen

Eines Tages bemerkten die Leute in der Stadt, dass der Kirchturmhahn schief saß.

„Er wird herunterfallen", sagten sie. „Es muss etwas geschehen."

Da ließ der Bürgermeister eine riesige Leiter anfertigen. „Jemand muss hinauf!", befahl er.

Aber es traute sich niemand. Nicht einmal der mutige Herr Wichterich, der immer allen Leuten seine Muskeln zeigte.

„Ich gehe", sagte da der kleine Schornsteinfeger entschlossen.

Und er rückte seinen Zylinderhut gerade und stieg die Leiter hinauf. Sechshundertfünfundachtzig Sprossen musste er emporklettern, dann war er auf der Kirchturmspitze. Zuerst war er ja ein bisschen schwindelig, aber dann fand er es sehr schön. Weit über die

Stadt konnte er sehen, bis zu den fernen Dörfern und Flüssen.

„Juchhu!", schrie der kleine Schornsteinfeger und er machte sich an die Arbeit.

„Die Morgensonne ist das Beste", sagte da plötzlich jemand neben ihm.

„Wer spricht denn da?", fragte der kleine Schornsteinfeger erstaunt.

„Ich", antwortete die Stimme.

Und da war es wahrhaftig der Kirchturmhahn. Er schlug mit den Flügeln und redete.

„Ich denke, du bist aus Kupfer!", wunderte sich der kleine Schornsteinfeger.

„Na und?", sagte der Hahn. „Muss ich deshalb stumm sein?"

Sie sprachen noch mancherlei miteinander und der kleine Schornsteinfeger stellte den Kirchturmhahn wieder gerade.

„Danke schön", sagte der Hahn. „Warte bis zum Abend, dann will ich dir etwas schenken."

Der kleine Schonsteinfeger setzte sich auf den Rücken des kupfernen Kirchturmhahnes und blieb. Als es aber dämmerig wurde, war ihm, als erklinge eine feine Musik. Und von irgendwoher flogen drei wunderschöne Hennen herbei.

„Guten Abend", gackerten sie und der Kirchturmhahn machte viele tiefe Verbeugungen.

Dann flüsterte er der dicksten Henne etwas zu.

„Ein Ei! Ein Ei!", schrie sie und schon hatte sie eines gelegt.

Aber es war kein gewöhnliches Ei. Es war ein Ei aus purem Gold.

„Es ist für dich", sagte der Kirchturmhahn.

Da bedankte sich der kleine Schornsteinfeger vielmals und er stieg die lange Leiter wieder hinab.

„Wo bist du nur so lange geblieben?", fragten die Leute.

„Ich habe mit dem Kirchturmhahn gesprochen", sagte der kleine Schornsteinfeger.

Da lachten die Leute ihn aus.

„Die Kirchturmhennen waren auch da", fuhr der kleine Schornsteinfeger fort.

Aber die Leute lachten nur noch mehr.

„Und sie haben mir ein goldenes Ei geschenkt!", rief der kleine Schornsteinfeger ärgerlich.

Er hätte es ihnen ja zeigen können, denn er trug es in seiner Tasche.

Aber plötzlich hatte er keine Lust mehr dazu. Er ging nach Hause und legte das goldene Ei unter sein Kopfkissen. Und seitdem hat der kleine Schornsteinfeger wunderschöne Träume. Alle Nächte lächelt er im Schlaf. Und wenn er morgens aufsteht, ist er glücklich.

Der kleine Schornsteinfeger und die Seiltänzer

Früh am Morgen, der kleine Schornsteinfeger schläft noch und träumt, klopft es plötzlich.

„Kleiner Schornsteinfeger", ruft der Herr Eberohr, „schnell! Du musst nach dem Rechten sehen! Es sind fremde Leute auf den Dächern!"

Der kleine Schornsteinfeger springt in seine Hose und saust los. Tatsächlich sieht er zwei Männer an den Schornsteinen hantieren.

„Halt!", ruft er, „halt! Das dürft ihr nicht! Was macht ihr denn da?"

Die Leute aus dem Ort haben sich unten auf der Straße versammelt und schauen hinauf.

„Guten Morgen!", ruft der eine der beiden Fremden. „Es sollte eigentlich eine Überraschung werden. Wir sind die Seiltänzer Flip und Flap."

„Nichts da!", schreit der Bürgermeister Wichterich.

„Hier wird nicht seilgetanzt! Zum Schluss fallt ihr noch runter.“

„Aber nein!“, ruft Flap, „wir fallen nie vom Seil! Das ist doch unser Beruf.“

„Ich finde, wir sollten es ihnen erlauben“, meint der kleine Schornsteinfeger. „Wir haben so selten Künstler hier.“

Und weil ihm alle Kinder zustimmen, sagt der Bürgermeister schließlich ja.

Da spannen Flip und Flap ihr Seil von Hammelbeins Dach zum Schornstein der Frau Grünlich hinüber.

„Jetzt geht es los!“, rufen sie.

Als wäre es eine breite Brücke, so hüpfen sie über das Seil. Sogar einen Handstand machen sie und Purzelbäume. Ganz still stehen die Leute. Die Hunde bellen nicht, die Katzen reißen die Augen auf, dass sie noch größer sind als sonst, und die Vögel vergessen zu zwitschern.

„Hurra!“, schreit der kleine Schornsteinfeger endlich als Erster.

Er nimmt seinen schwarzen Zylinderhut ab und sammelt für die Künstler.

Der kleine Schornsteinfeger und der Liedermacher

Wenn der Winter vorüber ist, kehrt der kleine Schornsteinfeger die Dächer ab, denn Staub und Schmutz mag er nicht leiden. Und wenn dann alles sauber ist, geht er nur noch in Pantoffeln. So war er einmal höchst erstaunt, als er auf den Dächern lauter schmutzige Fußspuren vorfand. Jemand muss hier oben sein, dachte er und er machte sich auf die Suche. Der kleine Schornsteinfeger musste lange gehen, bis er einen Mann traf. Er hatte einen Bart und saß ganz still.

„Guten Tag", sagte der kleine Schornsteinfeger, „du hast mir alles schmutzig gemacht."

„Sei still", sagte der Mann. „Ich bin ein Künstler."

Da war der kleine Schornsteinfeger drei Minuten lang still. Dann aber hielt er es nicht mehr länger aus.

„Was machst du hier?" fragte er, und er hockte sich neben den Mann.

„Ich fange die Musik auf", erklärte der. „Ich bin nämlich ein Liedermacher."

Und er hob seine Flöte an die Lippen und spielte eine Melodie. Alle Vögel flogen herbei und lauschten.

„Weißt du", sagte der Mann, der ein Liedermacher war, „die Musik ist überall. Man muss sie nur hören. Aber unten in der Stadt ist es so laut. Darum bin ich zu dir auf die Dächer gekommen."

„Ich freue mich", sagte der kleine Schornsteinfeger, „auch wenn du schmutzige Schuhe hast."

„Horch!", flüsterte der Liedermacher.

Und er spielte dem kleinen Schornsteinfeger auf einer Geige vor, was er hörte.

Den ganzen Tag blieben die beiden zusammen und der Liedermacher spielte auf vielen Instrumenten. Auf

einer Gitarre zupfte er so fröhliche Liedchen, dass sie beide lachen mussten, zum Klang der Mundharmonika träumten sie und die Trompete tönte so traurig, dass sie plötzlich weinten. Da tupften sie einander die Tränen ab und verstanden sich.

Und es dauerte nicht lange, da hörte der kleine Schornsteinfeger die Musik, auch wenn der Liedermacher gar nicht spielte.

Am Abend, als der kugelrunde Mond über den Dächern schwebte, nahmen sie Abschied voneinander.

„Ich schenke dir eine kleine Melodie“, sagte der Liedermacher. „Kannst du sie hören?“

Da schloss der kleine Schornsteinfeger die Augen und lauschte der Musik, die nur ihm gehörte. Ein bisschen Nachtwind kam darin vor, Eulenschrei, Sternengefunkel und Blätterrauschen.

„Ich danke dir“, sagte er.

Und er schenkte dem Liedermacher seine Pantoffeln. „Du kannst sie ja anziehen“, meinte er, „wenn du wiederkommst.“

Und der Liedermacher hat es versprochen.

Der kleine Schornsteinfeger macht Urlaub

„Immer arbeitest du", sagen die Leute. „Du solltest einmal Urlaub machen."

„Na schön", sagt der kleine Schornsteinfeger. „Aber wohin fahre ich bloß?"

„An die See!", rufen die Kinder.

„In die Heide", schlägt Herr Fischlein vor.

„Unsinn!", sagt der Herr Eberohr, „du fährst in die Berge."

Und das macht der kleine Schornsteinfeger dann auch. Nie hat er gedacht, dass die Berge so hoch sind! Tag für Tag klettert er in den Felsen herum und schaut hinab.

Da liegen Dörfer und Städtchen, Wiesen und Wälder und Seen unter ihm und wirken so klein, als seien sie Spielzeug.

„Am liebsten würde ich hierbleiben", sagt der kleine

Schornsteinfeger zu den Bergdohlen, die Krumen aus seiner Hand picken.

Das ist am dritten Tag.

„Ich bleibe!“, sagt er am sechsten Tag zu den Ziegen am Hang. „Die Luft ist besser als zu Hause und die Aussicht ist schöner.“

Von da ab ist er so vergnügt wie nie. Er turnt auf den Berggipfeln herum und pfeift und singt, und jodeln kann er auch schon ein wenig.

Am zwölften Tag jedoch wird ihm seltsam zumute.

„Es ist, als fehle mir etwas“, sagt er zu sich selbst. „Aber was nur?“

Am dreizehnten Tag wird es schlimmer. Und am vierzehnten Tag begreift der kleine Schornsteinfeger, dass er Heimweh hat. Die Dächer fehlen ihm, die Leute und die Katzen.

Wer weiß, was im Ort los ist, denkt er. Vielleicht sind alle Schornsteine verstopft!

Schnell packt er seinen Koffer und fährt nach Hause zurück.

„Endlich bist du wieder da!", rufen die Leute. „Wir dachten schon, du kämst nicht mehr."

„Ich kann euch doch nicht im Stich lassen", sagt der kleine Schornsteinfeger. „Schließlich gehören wir zusammen."

Und vor lauter Rührung wird ihm ganz warm ums Herz.

Der kleine Schornsteinfeger bringt Glück

Immer wenn der kleine Schornsteinfeger die Straße entlanggeht, freuen sich die Leute.

„Schornsteinfeger bringt Glück!", rufen sie und sie fassen ihn schnell ein bisschen an, dass ihre Fingerspitzen rußig werden.

„Wie gerne würde ich ihnen Glück bringen", denkt der kleine Schornsteinfeger, wenn er oben auf den Dächern steht.

Und er blickt hinunter und schaut zu, was die Leute so treiben.

Der Metzgermeister Hackefein ärgert sich eben, weil der Lehrjunge alle Würste versalzen hat, der Frau Grünlich ist die Suppe angebrannt, der Schuster hat irrtümlich einen Nagel verschluckt und der Bürgermeister schimpft, weil der Wind seine Akten fortgeweht hat. Hier schreit ein Baby, weil seine Windeln nass sind, und da sitzt der kleine Peter und heult, denn er hat eben eine Ohrfeige bekommen. Die Frau Immergrün drücken die Schuhe, der Herr Hammelbein hat Schnupfen, und das schöne Fräulein Löwenzahn steht am Fenster und schluchzt und weiß nicht warum.

„So haben sie alle ihren Kummer", denkt der kleine Schornsteinfeger. „Ein bisschen Freude könnten sie schon brauchen. Wo kriege ich ein bisschen Freude her?", fragt er einen Vogel, der vorüberzieht. „Für die Leute?"

„Schenk ihnen ein Würmchen", zwitschert der Vogel.

Und das gestreifte Kätzchen, das an einem Schornstein sitzt und sich putzt, meint: „Bring ihnen ein Mäuschen."

Aber mit solchen Ratschlägen ist dem kleinen Schornsteinfeger natürlich nicht geholfen. Er steigt von den Dächern hinab und wandert durch die Stadt. Weiter und weiter geht er, tief in Gedanken versunken, bis er endlich an eine große bunte Wiese kommt.

„Ich hab's!", schreit der kleine Schornsteinfeger. Und er pflückt neunhundertneunundneunzig Blumen, gerade so viel, dass sein Zylinderhut bis an den Rand gefüllt ist. Und mit den Blumen steigt er auf das höchste Dach der Stadt.

„Es regnet Blumen!", schreien da plötzlich die Leute.

Der Metzgermeister Hackefein denkt nicht mehr an die versalzenen Würste, der kleine Peter hört auf zu heulen, die Frau Immergrün vergisst ihre Schuhe und das Fräulein Löwenzahn schluchzt nicht mehr. Alle rennen hinaus, um das Wunder zu erleben.

„Wie schön!", schreien sie.

Und jeder von ihnen, der eine Blume fängt, ist den ganzen Tag lang glücklich. Der kleine Schornsteinfeger aber geht über die Dächer und lächelt still vor sich hin.

Der kleine Schornsteinfeger und die Dachgartenprinzessin

An einem milden Septembertag spaziert der kleine Schornsteinfeger über die Dächer.

Ich bin ein sehr glücklicher Mensch, denkt er, weil ich der Sonne näher sein darf als die anderen Leute.

Als er zu Bommels Haus kommt, sieht er im Dachgarten ein Mädchen mit langen schwarzen Haaren. So schön ist das Mädchen, dass der kleine Schornsteinfeger gar nicht mehr fortschauen kann.

„Bist du eine Prinzessin?“, fragt er endlich.

Das Mädchen nickt.

„Mein Vater ist der König von Geranien“, sagt sie. Ihre Stimme klingt wie eine kleine Glocke. „Ich bin nur zu Besuch hier.“

„Wie sieht es aus in deinem Land?“, will der kleine Schornsteinfeger wissen.

„Och“, sagt die Prinzessin, „wir leben in Rosenhäusern. Und wenn wir fortwollen, reisen wir auf honigfarbenen Raben."

Der kleine Schornsteinfeger bewundert die Prinzessin sehr. Alle Tage unterhält er sich mit ihr. Bald weiß er, dass sie Rosina heißt. Eine fliederfarbene Katze hat sie zu Hause und eine Gitarre, deren Saiten so fein sind wie Spinnweb.

Da trifft er eines Abends die Frau Bommel.

„Da ist aber ein vornehmer Gast bei euch", sagt der kleine Schornsteinfeger. „Eine echte Prinzessin!"

Frau Bommel lacht.

„Du spinnst wohl, kleiner Schornsteinfeger! Das Mädchen ist meine Nichte Emma aus Kleindörfchensdorf!"

Natürlich ist der kleine Schornsteinfeger sehr enttäuscht. Fast kommen ihm die Tränen. Die ganze Nacht schläft er schlecht. Am Morgen aber beschließt er, dass die Emma für ihn weiter eine Prinzessin bleiben soll.

„Guten Morgen, Rosina", sagt er. „Ich habe dir einen Edelstein mitgebracht."

Und die Prinzessin nimmt die grüne Glasscherbe an und lächelt.

Der kleine Schornsteinfeger und das Äffchen

Eines Tages kam ein Zirkus in die Stadt. Vor die bunten Wagen waren Pferdchen mit wilden Mähnen gespannt und aus einem vergitterten Fenster schaute der Löwe heraus. Am Schluss des Zuges trotteten ein großer und ein kleiner Elefant. Und auf dem Rücken des kleinen Elefanten hockte ein Äffchen.

„Tut tut, Tara!", trompetete der Zirkusdirektor. „Der Zirkus ist da!"

Genau in diesem Augenblick wurde das Äffchen übermütig. Es sprang vom Rücken des Elefanten und lief in die Stadt. „Haltet das Äffchen!", schrien die Leute und rannten hinterher. Das Äffchen aber kletterte eine Feuerleiter empor und verschwand auf den Dächern.

„Jetzt kann nur der kleine Schornsteinfeger helfen", sagten die Leute und sie gingen, ihn zu holen. „Er kennt sich da oben aus."

Der kleine Schornsteinfeger aß eben Himbeermarmelade mit dem Löffel. Aber als er hörte, was passiert war, setzte er seinen Zylinderhut auf und kam sofort mit.

Er stieg auf die Dächer und begann zu suchen. Aber er konnte kein Äffchen entdecken.

„Äffchen", rief der kleine Schornsteinfeger endlich, „wo bist du?"

„Hier!", schrie das Äffchen und es schaute hinter einem Kamin hervor. „Fang mich!"

Der kleine Schornsteinfeger machte ein paar riesige Sätze, aber das Äffchen war schneller.

„Fang mich!", rief es aus der Dachrinne empor. Da setzte sich der kleine Schornsteinfeger auf seinen Hosenboden und rutschte hinab. Doch als er ankam, war das Äffchen schon fort. Es saß hoch oben auf einer Fernsehantenne.

„Fang mich!", lockte es.

Der arme kleine Schornsteinfeger kletterte, hüpfte und lief. Aber er erwischte das Äffchen nicht. Von einem Dach auf das andere sprang es und der kleine Schornsteinfeger hatte große Mühe mitzukommen.

Es dämmerte schon und langsam senkte die Nacht ihr schwarzes Tuch über die Stadt. Da wurde der kleine Schornsteinfeger müde. Und weil er nicht ohne das

Äffchen hinabsteigen wollte, setzte er sich mit dem Rücken an einen Kamin und schlief ein.

„Ich kriege dich schon!“, murmelte er im Traum. „Ich kriege dich schon!“

Dem Äffchen fielen auch die Augen zu. Aber der kühle Nachtwind fegte über das Dach und da begann es zu frieren. Es schlich sich vorsichtig an den kleinen Schornsteinfeger heran. Und als es sah, dass er die Augen fest geschlossen hielt, kuschelte es sich schnell in seinen Arm und schlief ebenfalls ein. Als die Eule ihre nächtlichen Kreise zog, hat sie sich über die beiden sehr gewundert.

Der kleine Schornsteinfeger aber traute am anderen Morgen seinen Augen kaum. Hatte er doch im Schlaf das Äffchen gefangen! Er trug es zurück zum Zirkusdirektor und der hat sich so gefreut, dass er eine Sondervorstellung gab. Alle Leute durften umsonst in den Zirkus! Und der kleine Schornsteinfeger saß in einem roten Polstersessel in der Mitte der ersten Reihe.

Der kleine Schornsteinfeger und der Besuch

Am Montag bekommt der kleine Schornsteinfeger einen Brief. Wer schreibt mir denn da?, denkt er, und er wendet den Briefumschlag um und um. Schließlich reißt er ihn auf.

„Nachdem ich schon so viel von dir gehört habe“, steht in dem Brief, „möchte ich dich gern kennenlernen. So werde ich dich besuchen. Ankomme Dienstag. Fridolin.“

Die Schrift ist fein und säuberlich, denkt der kleine Schornsteinfeger. Wer das wohl sein mag, der Fridolin?

Natürlich freut sich der kleine Schornsteinfeger auf den Besuch. Er ist ganz aufgeregt vor lauter Freude. Aber dann kriegt er einen Schreck. Was soll er denn bloß anziehen? Alle seine Kleider sind schwarz von Ruß!

„O weh“, sagt der kleine Schornsteinfeger, „wie soll ich sie sauber kriegen?“

Er holt eine große Wanne mit Wasser, alle Seife, die er finden kann, dann fängt er an zu waschen. Seine Hose wäscht er, sein Hemd, die Unterhose, das Unterhemd und die Socken.

Weil aber alles so furchtbar schwarz ist, muss er die ganze Nacht hindurch schrubben und bürsten. Fünfzehn Wannen mit Wasser braucht er, der Rücken tut ihm weh und die Arme auch. Als die Sonne aufgeht und die Vögel zwitschern, sind die Kleider sauber geworden. Der kleine Schornsteinfeger aber hat nicht eine Minute geschlafen. Schnell macht er ein großes Feuer im Herd, damit alles trocken werden kann.

Er wäscht sich noch die Ohren und zieht sich an. Sehr schön sieht er aus. Ganz hell und adrett. Und es dauert auch nicht lange, da klopft es.

„Herein!", ruft der kleine Schornsteinfeger.

„Ich bin der Fridolin", sagt der Mann, der in der Tür steht.

Er ist kohlrabenschwarz.

„Ja – aber …", stottert der kleine Schornsteinfeger, „… das hab' ich nicht gewusst, dass du auch ein Schornsteinfeger bist!"

Der kleine Schornsteinfeger bekommt einen Orden

Der Bäcker Mehlschwitz ist ein netter Mann. Wenn der kleine Schornsteinfeger sein Brot bei ihm kauft, schenkt er ihm ein Hörnchen dazu.

„Guten Appetit", sagt er dann.

Und der kleine Schornsteinfeger sagt: „Danke schön."

In den Nächten aber tut der Bäcker Mehlschwitz seltsame Dinge. Immer wenn der Vollmond scheint, klettert er in seinem Nachthemd aus dem Fenster und wandert durch die Stadt. Und dann steigt er auf die Dächer und geht mit ausgebreiteten Armen dem Mond entgegen. Aber der Bäcker Mehlschwitz weiß von alledem selber nichts.

„Der Bäcker Mehlschwitz ist mondsüchtig", tuscheln die Leute. „Man muss es ihm sagen", meinen sie. „Sonst fällt er eines Tages noch von den Dächern hinunter."

„Ach nein!", ruft der kleine Schornsteinfeger. „Wenn

wir es ihm sagen, wird er sich furchtbar schämen, weil er immer im Nachthemd herumläuft.“

„Was sollen wir denn machen?“, fragt der Bürgermeister.

„Ich werde auf ihn aufpassen“, verspricht der kleine Schornsteinfeger.

Und das tut er dann auch. In den Vollmondnächten folgt er heimlich dem Bäcker Mehlschwitz auf die Dächer. Und damit er nicht herunterfallen kann, hält er ihn an einem Nachthemdzipfel fest.

Aber der kleine Schornsteinfeger ist nicht der Einzige, der auf den Bäcker Mehlschwitz achtgibt. Auch die kleinen Katzen kommen auf die Dächer und laufen dem Herrn Mehlschwitz nach. Und der riesige Uhu fliegt immer über seinem Kopf dahin.

„Wir packen ihn mit den Krallen, dann kann er nicht fallen", miauen die Katzen.

Und der Uhu krächzt: „Ich fasse ihn beim Kragen. Zur Not kann ich ihn tragen."

So kann also dem Bäcker Mehlschwitz gar nichts passieren.

„Der kleine Schornsteinfeger soll einen Orden bekommen", beschließt der Bürgermeister eines Tages.

Alle Leute klatschen in die Hände, als er dem kleinen Schornsteinfeger den Orden umhängt. Nur der Bäcker Mehlschwitz fragt, für was der kleine Schornsteinfeger den Orden bekommt.

„Nur so", sagen die Leute. „Weil er ein guter Mensch ist." Und das stimmt ja auch.

Der kleine Schornsteinfeger hat einen Lehrling

Gleich in der Frühe kommt ein Junge auf die Dächer geklettert.

„Guten Tag“, sagt er, „ich möchte ein Schornsteinfeger werden. Kannst du mir zeigen, wie man die Kamine kehrt?“

„Hallo!“, sagt der kleine Schornsteinfeger, „das ist aber fein. Dann habe ich einen Lehrling.“

Den ganzen Tag führt er den Jungen über die Dächer.

„Schau“, sagt er, „hier ist das Storchennest. Im Frühjahr kommen die Störche wieder.“

Auf dem Dach vom Metzger Hackefein wächst Gras und eine gelbe Blume. Sehr hübsch sieht das aus. Die Katze von Bommels stellt der kleine Schornsteinfeger dem Jungen vor und die Kater Bu und Bi.

„Die warten schon auf mich“, sagt er, „weil ich ihnen immer Wurst mitbringe.“

Das Haus des Bürgermeisters zeigt der kleine Schornsteinfeger seinem Lehrling und das der Frau Grünlich.

„Der Bäcker Mehlschwitz ist mondsüchtig", erklärt er. „Immer wenn Vollmond ist, muss man auf ihn achtgeben."

Er nennt ihm die Namen der Pflanzen, die in den Dachgärten blühen, und lehrt ihn einiges über die Wolken.

„Die dicken weißen bringen schönes Wetter und die Schäfchenwolken Regen. Auch die Himmelsrichtungen musst du dir merken, denn es ist wichtig, woher der Wind weht."

Am Abend führt der kleine Schornsteinfeger seinen Lehrling auf Herrn Fischleins Dach.

„Wenn du von hier aus hinüberschaust", sagt er, „siehst du zwischen den Schornsteinen von Herrn Eberohr und Fräulein Rosenrot die Sonne untergehen. Schau nur!"

Lange bewundern sie den Sonnenuntergang.

„Kleiner Schornsteinfeger", fragt der Junge endlich. „Wann zeigst du mir denn, wie man Kamine kehrt?"

„Ach ja", sagt der kleine Schornsteinfeger, „das habe ich ganz vergessen! Morgen", verspricht er dann. „Morgen fangen wir an."

Geschichten vom kleinen Briefträger

Der kleine Briefträger und die Hunde

Zwischen den Briefträgern und den Hunden besteht eine uralte Feindschaft. Das heißt, im Grunde ist es nichts als ein Missverständnis. Die Hunde glauben nämlich, dass die Briefträger nur kommen, um sie zu ärgern, und die Briefträger denken, dass die Hunde böse sind. Das stimmt natürlich beides nicht ganz. Aber damit hängt es jedenfalls zusammen, dass die meisten Briefträger geflickte Hosen tragen.

Auch der kleine Briefträger hat Schwierigkeiten mit den Hunden. Der Mops von der Frau Suppenkloß hat ihn zum Beispiel schon zweimal gebissen, der Dackel vom Herrn Nimmermüd hat ihm ein Stück Stoff aus der Hose gezupft und der zottige Schnauzer fletscht ihn von Tag zu Tag grimmiger an.

„Er wird mich spätestens nächste Woche beißen", sagt der kleine Briefträger zum Schutzmann.

„Du musst energisch auftreten“, meint der Schutzmann. „Nimm einen Knüppel mit!“

Am nächsten Tag bewaffnet sich der kleine Briefträger mit einem Stock und dazu plustert er sich ordentlich auf, damit er etwas größer wirkt.

„Kusch!“, sagt er zu den Hunden.

Aber schon hat ihm der Bernhardiner Grobetrott den Stock abgenommen und Pumpel, der Pekinese, beißt ihn ins Bein.

„Aua!“, schreit der kleine Briefträger.

Er lässt alle Briefe fallen und macht sich davon.

„Es wird immer schlimmer“, sagt er zur Oma Rumpelputz. „Was soll ich nur tun?“

„Du musst freundlich zu den Hunden sein“, rät sie, „und ihnen die Köpfe streicheln.“

Doch als der kleine Briefträger sich über die Hunde beugt, um sie zu streicheln, da verstehen die Hunde ihn nicht.

„Gestern hat er einen Stock mitgebracht“, sagen sie sich, „und heute fasst er uns an. Da kann etwas nicht stimmen!“

Und so beißen sie ihn vorsichtshalber ein bisschen. Da ist der kleine Briefträger furchtbar verzweifelt. Und weil man, wenn man verzweifelt ist, vor allen Dingen gut essen soll, geht er zum Metzgermeister Hammelbein und kauft sich ein Kotelett. Der Herr Hammelbein ist ein verständiger Mensch. So erzählt ihm der kleine Briefträger von seinem Kampf mit den Hunden.

„Haha!“, lacht der dicke Metzgermeister und er gibt dem kleinen Briefträger einen guten Rat.

Am anderen Morgen legt sich der kleine Briefträger einen Kranz aus Würstchen um den Hals. Und da riechen die Hunde augenblicklich, dass der kleine Briefträger es gut mit ihnen meint. Sie wedeln mit den Schwänzen und machen freundliche Hundegesichter, und der kleine Briefträger schenkt jedem von ihnen ein Würstchen.

Und weil er noch eine Weile sehr gut nach Würstchen riecht, folgen ihm die Hunde auf Schritt und Tritt. Einmal ist natürlich dann auch der Duft verflogen, aber die Hunde haben den kleinen Briefträger trotzdem nie mehr gebissen.

Das ist nämlich so bei den Hunden: Wen sie einmal gern haben, den haben sie für immer gern, ein ganzes Hundeleben lang.

Der kleine Briefträger vergisst die Post

Jeden Vormittag trägt der kleine Briefträger die Post aus und er ist so zuverlässig wie die Rathausuhr.

„Die Morgenpost!“, ruft er und alle Leute haben schon auf ihn gewartet.

Eines Tages aber sollte es anders kommen. Schon in der Nacht war ein Wind gegangen, süß und lind, und hatte die Gardinen gebläht. Und am Morgen war der Frühling da. Der kleine Briefträger merkte es sofort. Er packte seine dicken Socken weg und lief hinaus. Die Post nahm er natürlich mit, denn eigentlich hatte er ja vor, wie immer die Briefe auszutragen.

Die Bäume hatten winzige Blättchen und weiße Wölkchen liefen am Himmel entlang wie Angorakaninchen.

„Oh, wie schön!“, dachte der kleine Briefträger und er blieb stehen, um ein Gänseblümchen zu betrachten, das zwischen dem Kopfsteinpflaster wuchs.

Die kleinen Katzen saßen in der Sonne und putzten sich, die Frauen trugen Blumenhüte und die Kinder spielten Ringelreihn. Mit einem Mal aber sah der kleine Briefträger einen wunderschönen Schmetterling. Und weil Schmetterlinge in der Stadt so selten sind wie Schneemänner in Afrika, dachte der kleine Briefträger nicht mehr an seine Post und lief ihm nach. Die Hauptstraße lief er entlang, zwischen den Autos hindurch, quer über den Markt, wo die Gemüsefrauen die Son-

nenschirme aufgespannt hatten, zweimal um den Stadtbrunnen, durch fünfzehn enge Gässchen, geradewegs hinein in den Park.

Da duftete es nach Blüten und Blumen, die Pfauen spreizten ihre Federn, die Enten watschelten im Kreis und die Eichhörnchen schlugen Purzelbäume.

„Es ist Frühling! Es ist Frühling!“, zwitscherten die Vögel.

Da wurde der kleine Briefträger so fröhlich, dass er

eine Birke umarmte. Eine Weile lief er noch dem hübschen Schmetterling nach, dann fühlte er sich plötzlich müde. Vielleicht lag es ja daran, dass er in der Eile die Schuhe verkehrt herum angezogen hatte, den linken rechts und den rechten links. Jedenfalls legte sich der kleine Briefträger unter einen blühenden Strauch und schlief ein.

Plötzlich aber weckte ihn ein frecher Frühlingswindstoß. Und als der kleine Briefträger die Augen öffnete, sah er eben noch, wie seine Morgenpost hoch durch die Luft wirbelte.

„Hilfe!“, schrie er. „Zu Hilfe!“

Da flogen alle Vögel herbei und jagten dem Wind die Briefe ab. Und es dauerte nicht lange, da war die Posttasche des kleinen Briefträgers wieder voll.

„Dankeschön!“, rief er und er lief schnell zurück in die Stadt. „Was werden die Leute wohl sagen?“, dachte er. Doch dann kam ihm eine Idee. „Die Mittagspost!“, rief er. „Die Mittagspost!“ Da flüsterten die Leute einander zu: „Seht nur, wie fleißig der kleine Briefträger ist! Jetzt bringt er auch noch mittags Post!“

Und so ist das Frühlingsabenteuer des kleinen Briefträgers noch einmal gut ausgegangen.

Der kleine Briefträger findet eine Sonntagsbeschäftigung

In der Woche ist der kleine Briefträger beschäftigt. Von morgens bis abends ist er beschäftigt. Und in den Nächten schläft er. Wenn es aber Sonntag wird und die anderen Leute zu zweit spazierengehen, fühlt der kleine Briefträger sich einsam.

„Trali, trala", singt er, damit es nicht so still ist.

Er kocht sich ein Frühstücksei und liest die Annoncen in der Zeitung. Und dann begießt er seinen kleinen Kaktus und schaut zum Fenster hinaus.

„Ich werde mir ein Fahrrad kaufen", denkt er eines Tages. „Dann fahre ich umher und schaue mir die Welt an."

Und er kauft sich ein blitzendes Fahrrad mit einer Klingel. Damit ihn aber die Leute nicht auslachen, weil er doch noch gar nicht Rad fahren kann, probiert er es erst einmal nachts. Er fährt im Zickzack die Straßen

entlang und der Mond hängt vor lauter Lachen ganz schief am Himmel.

„Bums", landet der kleine Briefträger an einem Baum. Aber zum Glück ist dem Baum nichts passiert und dem kleinen Briefträger auch nicht, und so kann er weiter-

fahren. Und gegen Morgen klappt es dann auch schon wunderbar.

Aber als der kleine Briefträger am nächsten Sonntag die Landstraße entlangradelt, fühlt er sich trotzdem nicht glücklich.

„Es ist, weil ich immer allein bin“, denkt er. „Ein Fahrrad ist schließlich kein Mensch!“

Vielleicht wäre der kleine Briefträger immer ein bisschen traurig geblieben, wenn er nicht eines Tages den Sommersprossen-Udo getroffen hätte. „Warum weinst du denn?“, fragt der kleine Briefträger mitleidig.

„Huh!“, heult der Udo. „Mir ist die Kanne hingefallen. Die ganze Milch ist weg!“

Da greift der kleine Briefträger in seine Tasche.

„Hier ist Geld“, sagt er. „Lauf zur Milchfrau und kauf neue.“

„Und wenn sie keine mehr hat?“, schluchzt der sommersprossige Udo.

„Sie hat schon noch welche“, meint der kleine Briefträger. „Geh nur.“

„Woraus macht die Milchfrau die Milch?“, fragt der Udo plötzlich mit tellerrunden Augen.

„Aber Udo!“, sagt der kleine Briefträger. „Die Milch kommt von den Kühen. Hast du denn noch nie eine Kuh gesehen?“

„Nein“, sagt der Udo traurig.

Und da weiß der kleine Briefträger mit einem Mal, was er sonntags tun wird. Er radelt mit dem Sommersprossen-Udo aufs Land und zeigt ihm die Kühe. Die Pferde und die Schweinchen zeigt er ihm auch. Und weil es in der Stadt noch mehr Kinder gibt, die die Tiere nicht kennen, fährt der kleine Briefträger jeden Sonntag mit ihnen hinaus.

Und nun freut er sich schon die ganze Woche auf den Sonntag.

Der kleine Briefträger und Petronella

Eines Tages klopfte es heftig an die Tür des kleinen Briefträgers.

„Herein“, rief er.

Da betrat eine dicke Frau das Zimmer. Der kleine Briefträger hatte sie nie zuvor gesehen.

„Das muss anders werden!“, rief sie. „Der Briefkasten ist zu klein!“

„Aber er war immer so“, meinte der kleine Briefträger.

„Ich will etwas verschicken“, sagte die dicke Frau. „Und das passt nicht hinein.“

„Ist es ein Brief?“, fragte der kleine Briefträger. „Oder ist es vielleicht ein Päckchen?“

Die Frau griff in ihre Tasche und holte ein gestreiftes Kätzchen hervor.

„Es heißt Petronella“, erklärte sie, „und ich will es der Frau Heimchen schicken. Die Frau Heimchen ist nämlich furchtbar einsam. Und nachts hat sie kalte Füße. Dagegen ist ein Kätzchen gut.“

„Hm“, machte der kleine Briefträger und er versuchte, das Kätzchen in ein großes Kuvert zu stecken.

„Nein, ein Brief ist es nicht. Dann muss ich es zu einem Päckchen verschnüren.“

Aber sobald das Kätzchen die Kordel sah, fing es an, damit zu spielen, und der kleine Briefträger konnte kein Päckchen aus ihm machen. Da wurde es dem kleinen Briefträger zu dumm. Er klebte dem Kätzchen drei Briefmarken zu zwanzig auf den Kopf und steckte es in seine Posttasche.

„Danke schön“, sagte die dicke Frau. „Auf Wiedersehen.“

Sie rückte ihren Hut gerade und ging.

Auch der kleine Briefträger machte sich auf den Weg. Eigentlich wohnte die Frau Heimchen ja ganz in der Nähe. Aber weil das Kätzchen Petronella dem kleinen Briefträger so gut gefiel, nahm er es noch ein Weilchen mit. Endlich aber waren alle Briefe ausgetragen und da musste er zu Frau Heimchen gehen.

„Die Morgenpost!", rief er, und er zog das Kätzchen hervor und setzte es auf den Küchentisch.

„Huch!", schrie die Frau Heimchen. „Ich will kein Kätzchen!"

„Sie sind einsam", sagte der kleine Briefträger.

„Und nachts haben Sie kalte Füße. Dagegen ist ein Kätzchen gut."

„Ich bin nicht einsam", erwiderte die Frau Heimchen ärgerlich. „Ich besitze einen Gummibaum. Und außerdem habe ich keine kalten Füße, sondern Zahnschmerzen. Dagegen hilft ein Kätzchen überhaupt nicht."

Das sah der kleine Briefträger ein und darum nahm er Petronella wieder mit.

„Ich muss sie der dicken Frau zurückgeben", dachte er.

Aber leider hatte er den Absender nicht vermerkt. Das darf natürlich einem Briefträger eigentlich nicht passieren. Und weil er nun nicht wusste, wo die dicke Frau wohnt, schaute er in die Fenster aller Häuser und suchte sie. Aber überall erblickte er nur dünne Frauen, Männer und Kinder. Da wurde der kleine Briefträger sehr fröhlich.

„Petronella", sagte er, „nun muss ich dich behalten."

Und es fiel ihm ein, dass er manchmal auch ein bisschen einsam war, und es war auch schon vorgekommen, dass er kalte Füße hatte. Der kleine Briefträger und das Kätzchen Petronella sind sehr glücklich miteinander geworden. Morgens, mittags und abends sind sie glücklich und nachts in ihren Träumen auch.

Der kleine Briefträger macht Urlaub

Wenn die Urlaubszeit kommt, werden die Leute in der Stadt unruhig.

„Ich möchte an die Nordsee fahren", sagt die Frau Tellerlein. „Aber wer gießt meine Geranien?"

„Ich mache das schon", verspricht der kleine Briefträger.

„Ich will nach Italien", erklärt der Herr Hammelbein. „Aber wer versorgt meinen Hund?"

„Ich", sagt der kleine Briefträger.

Da aber fast alle Leute gleichzeitig fortfahren, hat er eine Menge zu tun. Er kocht für den Kater Wuschemusch, führt fünf Hunde aus, gießt Blumen, wischt Staub und lüftet. Und weil der Herr Nimmermüd vergessen hat, die Brötchen und die Milch abzubestellen, muss er obendrein jeden Tag eine Flasche Milch austrinken und fünf Brötchen essen. Das alles tut der kleine

Briefträger gern. Aber einmal beschließt er, nun selber auch Urlaub zu machen.

„Sehr geehrte Post“, schreibt er in einem Brief. „Ich bitte um einen Urlaubsvertreter.“

Und die Post antwortet: „Urlaubsvertreter kommt mit Eisenbahn siebzehn Uhr zehn.“

Da steht der kleine Briefträger auf dem Bahnhof und schaut sich um. Aber aus dem Zug steigen nur zwei dicke Frauen, sonst kann der kleine Briefträger niemanden entdecken.

„Hier bin ich“, sagt da eine dünne Stimme hinter ihm.

„Du?“, fragt der kleine Briefträger fassungslos.

„Aber du bist doch ein Vogel!“

„Ich bin eine Brieftaube“, piepst die Urlaubsvertretung. „Und ich bin tüchtig!“

„So“, meint der kleine Briefträger. „Na ja.“

Und sie gehen miteinander nach Hause. Weil aber der kleine Briefträger kein rechtes Vertrauen zu der winzigen Taube hat, beschließt er, doch lieber nicht fortzufahren.

„Wenn du mich brauchst, kannst du mich holen“, sagt er. „Ich mache Urlaub im Stadtpark.“

Und er nimmt fünfzehn hartgekochte Eier mit und einen großen Topf voll Kartoffelsalat und geht.

Im Stadtpark legt sich der kleine Briefträger mitten

in eine duftende Wiese und schaut den Wolken nach. Er planscht im Seerosenteich, schaukelt in den Ästen einer Birke und wenn es einmal regnet, kriecht er unter den Holunderbusch.

Jeden Morgen fliegt die Brieftaube über ihn hinweg und winkt ihm mit dem Flügel zu. ‚Es ist alles in Ordnung!', bedeutet das.

Der kleine Briefträger aber genießt den schönsten Urlaub seines Lebens. Denn weil die Leute alle nach Italien gefahren sind, nach Spanien und an die Nordsee, ist es im Stadtpark still und friedlich. Und als er endlich wieder nach Hause kommt, hat die Brieftaube wirklich alle Post besorgt.

„Danke schön!", ruft der kleine Briefträger, als sie davonfliegt. „Im nächsten Jahr hole ich dich wieder!"

Lächelnd streicht er eine winzige Delle in seinem Kopfkissen glatt.

„Da hat sie geschlafen", überlegt er. „So klein ist sie!"

Und er denkt, dass es auf die Größe nicht ankommt.

Der kleine Briefträger und das Klavier

Wenn die Briefträger sich treffen, plaudern sie ein bisschen miteinander.

„Ich habe kürzlich ein Paket befördert, das war so groß wie ein Kleiderschrank“, sagt der eine. „Das ist noch gar nichts!“, meint ein anderer. „In Amerika schicken sie die Autos mit der Post!“

„Und in Afrika die Elefanten!“, ruft ein dritter.

„So was!“, staunt der kleine Briefträger. „Ich habe immer nur Päckchen und Briefe.“

Und fast bedauert er das ein wenig. Aber ein paar Tage später kommt auch bei ihm eine außergewöhnliche Sendung an. Es ist ein Klavier.

„An den Herrn Spinnerich“, steht darauf. „Zerbrechlich.“

„Oh weh!“, sagt der kleine Briefträger. „Das kann ich nicht tragen!“

Und auch nachdem er Eier mit Speck gefrühstückt hat und sich die Ärmel hochrollt, schafft er es nicht.

So klingelt der kleine Briefträger den Herrn Spinnerich heraus. Der Herr Spinnerich spielt gerade eine Sonate in Moll auf seiner Trompete. Aber leider ist er so dürr wie eine junge Trauerweide. Er kann das Klavier auch nicht tragen.

So gehen sie miteinander zu den Möbelpackern. Doch die Möbelpacker streiken.

„Wir arbeiten nicht", erklären sie. „Wir trinken nur Bier!"

Und sie prosten sich zu und lassen den Herrn Spinnerich und den kleinen Briefträger einfach stehen.

„Sie müssen das Klavier bringen", sagt der Herr Spinnerich zum kleinen Briefträger.

„Sie müssen es holen", gibt der kleine Briefträger zurück.

Und weil sie sich nicht einig werden, gehen sie jeder in einer anderen Richtung davon und schauen sich nicht mehr an. Drei Tage laufen sie aneinander vorbei und grüßen sich nicht. Dann aber, eines Abends, klopft es zaghaft an die Tür des kleinen Briefträgers. Es ist der Herr Spinnerich.

„Ich habe mir gedacht", meint er, „dass ich vielleicht einmal auf meinem Klavier spielen könnte."

„Oh ja!", freut sich der kleine Briefträger. „Das wäre schön!"

So macht der Herr Spinnerich Musik, und der kleine Briefträger schließt die Augen und lauscht. Und weil sie davon beide sehr glücklich werden, kommt ihnen ein guter Gedanke: Sie lassen das Klavier beim kleinen Briefträger stehen, und der Herr Spinnerich kommt nun jeden Abend und spielt darauf. So werden sie schließlich Freunde.

Und wenn der kleine Briefträger sich einmal einsam fühlt – in einer der langen Winternächte vielleicht –, steht er auf und tippt mit dem kleinen Finger auf das hohe C. Das ist dann fast, als ob jemand zu ihm spricht.

Der kleine Briefträger
und die Post

Jeden Tag bringt der kleine Briefträger den Leuten die Post. Aber er selbst bekommt niemals einen Brief.

„Ach, wie schade, dass niemand an mich denkt!", seufzt er manchmal.

Und eines Tages hat er beschlossen, sich selber zu schreiben.

„An den kleinen Briefträger", malt er auf das Kuvert.

Und dann macht er die Augen zu und schreibt. Denn was in dem Brief steht, soll er ja erst erfahren, wenn er bei ihm ankommt. Aber als er den Brief dann einen Tag später aufreißt, stehen nur lauter Krikelkrakel darin und davon wird der kleine Briefträger noch viel trauriger.

Doch es dauert nicht lange, da bekommt er tatsächlich einen Brief. Es ist ein schöner Brief mit einem großen amtlichen Stempel darauf.

Mit dem heutigen Tag
wird der kleine Brief=
träger zum
Oberbriefträger
ernannt
Die Post
POST

„Mit dem heutigen Tag“, liest der kleine Briefträger stolz den Leuten vor, „wird der kleine Briefträger zum Oberbriefträger ernannt. Die Post.“

Da machen die Leute große Augen. Und der kleine Briefträger geht nach Hause und näht sich vier goldene Knöpfe an die Uniform.

„Eigentlich ist die Post doch wirklich sehr nett“, denkt er, als er abends im Bett liegt.

Und er steht wieder auf und schreibt einen Brief. „Liebe Post“, schreibt er. „Ich lade dich recht herzlich zu Kaffee und Kuchen ein. Bring auch alle Briefträger mit. Viele Grüße, der kleine Briefträger, der jetzt Oberbriefträger ist.“

Und von da an wartet der kleine Briefträger auf seinen Besuch. Jeden Tag zieht er ein frisches Hemd an und abends stellt er eine Kerze ins Fenster, damit die Post ihn auch findet.

Und eines Nachmittags hält tatsächlich ein Auto vor seiner Tür. Vier Briefträger steigen aus.

„Guten Tag!“, ruft der kleine Briefträger erfreut. „Herzlich willkommen!“

Da hält auch schon ein zweites Auto. Ein drittes Auto fährt vor, ein viertes, ein fünftes, ein sechstes und immer so weiter. Und aus jedem Auto steigen vier Briefträger.

„Wie schön, dass ihr gekommen seid!“, ruft der kleine

Briefträger und er kocht Kaffee in allen Töpfen, die er finden kann.

„Aber“, fällt es ihm da ein, „wo ist denn die Post?“

Seine Gäste schauen einander an und wissen es auch nicht.

„Die Post“, erklärt endlich ein alter Briefträger, „ist nur ein Wort für uns alle. Wir alle zusammen sind die Post. Jeder von uns ist ein Stückchen davon.“

Da freut sich der kleine Briefträger sehr. Er holt Wein aus dem Keller und sie stoßen miteinander an.

„Auf die Post“, sagen sie. „Auf uns!“

Seit diesem Tage sind alle Briefträger miteinander befreundet. Und der kleine Briefträger bekommt nun auch manchmal einen Brief.

„Wie schön“, sagt er dann. „Irgendwo denkt jemand an mich.“

Geschichten vom kleinen Zauberer

Der kleine Zauberer zaubert die ganze Welt

Hinter den Bergen, bei den blauen Tannen, dort, wo die struppigen Raben ihre Rabenlieder krächzen, lebt der große Zauberer. Er wohnt im Wipfel eines uralten Baumes und wenn es regnet, zaubert er sich ein Haus. Er braucht nur ‚Hokuspokus Simsalabim' zu sagen. So einfach ist das.

„Hör zu", sprach der große Zauberer eines Tages zum kleinen Zauberer, der sein Lehrling war. „Ich habe dir neunundneunzig mondhelle Nächte lang alles beigebracht, was ich wusste. Nun gehe in die Welt hinaus und zeige, was du kannst."

Da schnürte der kleine Zauberer sein Bündel. Den Zauberstab packte er ein, ein paar warme Socken und eine Handvoll kluger Gedanken.

„Doch bevor du gehst, will ich dich noch einmal prüfen", fuhr der große Zauberer fort. „Hier vor meinen

Augen sollst du eine Sonnenblume wachsen lassen. Eine große, zu der man emporschauen kann und an der man sich freut, wenn der Himmel grau ist."

„Wenn es weiter nichts ist", sagte der kleine Zauberer, „Hokuspokus Samsalabum!"

Aber weil das nicht ganz stimmte, wuchs nun auch nicht etwa eine Sonnenblume, sondern ein winziges Gänseblümchen hob sein Gesicht aus dem Gras. Da schüttelte der große Zauberer den Kopf, dass ein Sturm aufkam und die Bäume sich bogen.

„Abrakadabra“, sprach er, „du musst noch vieles lernen. Aber nun geh!“

Und er warf ihm drei Rabenfedern nach. Die sollten ihm Glück bringen. So machte sich der kleine Zauberer auf den Weg.

„Hokuspokus Vielerlei“, sang er vor sich hin. „Endlich, endlich bin ich frei.“

„Wer bist du?“, fragten ihn die Tiere und sie kamen neugierig näher.

„Ich bin ein Zauberer“, antwortete er und er stellte sich auf die Zehenspitzen, damit er ein bisschen größer aussah.

„Oh“, sagte der Hase, „kannst du mir bitte eine Mohrrübe zaubern?“

„Das wäre eine Kleinigkeit“, entgegnete der kleine Zauberer. „Aber mein erster Zauber soll etwas Besonderes sein.“

„Vielleicht ein paar Löwenzahnblättchen?“, meinte das Reh. „Süß wie der Regen im Sommer?“ Und das Eichhörnchen wollte goldene Nüsse. Doch der kleine Zauberer war nicht einverstanden.

„Nein“, meinte er. „Ich werde etwas zaubern, das größer ist als alle eure Wünsche. Ich zaubere die ganze

Welt!“ „Die Welt?“, stammelte der Igel. „Aber die ist doch schon da!“

„So?“, sagte der kleine Zauberer. „Dann macht einmal eure Augen zu.“

Da schlossen die Tiere ihre Augen.

„Alles ist fort!“, riefen sie. „Die Bäume, die Sträucher, der Bach und der Himmel mit seinen himbeerroten Wölkchen!“

„Seht ihr“, sprach der kleine Zauberer und er hob die Stimme. „Hokuspokus Simsalabim! Und jetzt“, fügte er hinzu, „dürft ihr die Augen wieder öffnen!“

Da schlugen die Tiere die Augen auf.

„Oh“, staunten sie, „die Welt ist wieder da! Der kleine Zauberer hat die ganze Welt gezaubert!“ Und sie waren so glücklich wie schon lange nicht mehr.

Der kleine Zauberer und das Lämmlein

Im Sommer lebt der kleine Zauberer bei einem Lämmlein auf der Wiese am Berg. Es ist ein fröhliches Lämmlein. Wenn es spielen will, läuft es den Schmetterlingen nach. Am Abend, wenn die Blumen ihre Blätter falten, wird auch das Lämmlein müde. Es kriecht in einen alten hohlen Baum, um zu schlafen. Und der kleine Zauberer schläft dann auch.

Eines Tages sieht das Lämmlein am Himmel eine zottige Wolke. Sie ist so schön wie ein Traum und das Lämmlein liebt sie auf den ersten Blick.

„Du bist ein Zauberer“, sagt es. „Mach, dass sie herunterkommt und mit mir spielt!“

Aber auch ein Zauberer hat keine Gewalt über die Himmelswolken. „Es gibt Dinge, die man nicht haben kann“, antwortet der kleine Zauberer. „Du solltest zufrieden sein.“

Doch das Lämmlein ist nicht zufrieden. Es blökt, so laut es kann. Und von diesem Tag an schaut es zu jeder Stunde nach der schönen Wolke aus.

Eines Tages zieht sie wieder vorüber. Da springt das Lämmlein hoch in die Luft, um sie zu fassen. Aber weil es ein Lämmlein ist und kein Grashüpfer, fällt es auf die Nase und die Wolke segelt ruhig davon.

Ein andermal kommt die zottige Wolke beim Mondschein. Das Lämmlein sieht ihr Spiegelbild im Bach. Es stürzt hin und liegt – platsch, im Wasser! Nur die Ohren gucken noch heraus und das allerletzte Zipfelchen des Schwanzes. „Du bist dumm!", lacht der kleine Zauberer.

Aber das Lämmlein will die zottige Wolke unbedingt haben und darum steigt es am folgenden Tag auf den

hohen Berg. Und weil der kleine Zauberer sich um das Lämmlein sorgt, geht er mit. Sie klettern viele Stunden und noch ein paar Minuten. Dann wird das Lämmlein müde und schläft ein.

„Die Wolke wird es nie bekommen“, denkt der kleine Zauberer bei sich. „So will ich ihm eine Freude machen.“ Und er hebt seinen Zauberstab.

„Hokuspokus Simsalabim“, sagt er.

Da träumt das Lämmlein einen wunderschönen Traum. Die Wolke kommt zu ihm, und sie ist so weich wie der Flaum einer Biene und so leicht wie der Hauch des Windes. Das Lämmlein und die Wolke hüpfen miteinander durch die Luft und schlagen Purzelbäume. Und das Lämmlein ist so glücklich wie nie zuvor.

Als es erwacht, läuft es, so schnell es kann, weiter, bis es den Gipfel des Berges erreicht hat.

„Alle vier Beine tun mir weh“, sagt es zum kleinen Zauberer.

Der kleine Zauberer lächelt nur.

Nach einer Zeit, die mindestens so lang ist wie hundert Lämmerschwänze, schwebt die Wolke heran. Jedoch hier auf dem Berggipfel sieht sie nicht klein und zottig aus. Plötzlich fürchtet sich das Lämmlein sehr. Die Wolke kommt genau auf das Lämmlein zu. Sie ist gewaltig und schwarz. Sie fühlt sich feucht an wie ein

Frosch, wenn er gebadet hat. Und sie lässt sich auf das Lämmlein herab und hüllt es ein, bis es völlig in ihr verschwindet.

Das Lämmlein aber macht einen großen Sprung und läuft schnell zurück auf seine Wiese.

„Begreifst du nun, dass es Dinge gibt, die viel schöner sind, wenn man sie aus der Ferne betrachtet?“, fragt der kleine Zauberer.

Das Lämmlein begreift es und es wird wieder fröhlich. Und wenn die zottige Wolke vorüberzieht, blinzelt es ihr freundlich zu.

Der kleine Zauberer und der Gartenzwerg

Lange hat die Sonne nicht mehr geschienen. Der kalte Nordwind rüttelt die Bäume und jagt die Wolken am Himmel entlang. Da beginnen die Tiere zu frieren und der kleine Zauberer tröstet sie. Und weil der Fuchs so schrecklich kalte Pfoten hat, zaubert er ihm vier pelzgefütterte Stiefel. Aber es dauert nicht lange, da bekommt der kleine Zauberer einen Schnupfen.

„Hatschi!", sagt er bei jedem sechsten Atemzug und die Tiere rufen „Gute Besserung!"

„Ich will ein bisschen laufen", sagt der kleine Zauberer. „Bestimmt wird es mir dann wärmer."

Er rennt dreimal rund um den Seerosenteich und immer geradeaus. Als es anfängt zu regnen, ist er eben bei einem schönen großen Garten angelangt.

„Ach, wer mir helfen könnte!", hört er da eine Stimme zwischen den Blumen.

„Hast du gerufen?“, fragt der kleine Zauberer die Kröte. „Hatschi!“

„Nein“, antwortet die Kröte und sie planscht in einer Pfütze, denn sie liebt das Nasse sehr. „Ach, wer mir helfen könnte!“, ertönt da wieder die Stimme von irgendwoher.

„Hatschi!“, niest der kleine Zauberer. „Hast du gerufen, Schnecke?“

Aber die Schnecke hat auch nicht gerufen. Da geht der kleine Zauberer zwischen den Vergissmeinnicht hindurch, bis er plötzlich vor dem Gartenzwerg steht.

„Ach, wer mir helfen könnte!“, jammert der.

„Mir rinnt der Regen in den Kragen.“

„Hatschi!“, sagt der kleine Zauberer. „Geh doch ins Haus.“

„Das kann ich nicht!“, empört sich der Gartenzwerg. „Ich muss hierbleiben und aufpassen, dass die Blumen wachsen. Du solltest mir lieber ein Schirmchen zaubern.“

„Hokus-Hatschi!“, sagt der kleine Zauberer, „Pokus Simsalabim, Hatschi.“

Und dann hat er zwar ein Schirmchen gezaubert, aber das Schirmchen hat hundert Löcher. „Ich kann jetzt nicht zaubern“, erklärt der kleine Zauberer. „Hatschi! Du siehst es ja selbst.“

„Huuu“, greint der Gartenzwerg und er zieht sich die Mütze übers Gesicht, „dann muss ich immer noch nasser werden!“

Da kommt dem kleinen Zauberer ein guter Gedanke. Er holt ein großes Rhabarberblatt und setzt sich mit dem Gartenzwerg darunter. Und weil noch Platz ist, hockt sich auch der schwarze Kater dazu.

„Tip, tip, tap“, regnet es auf das Rhabarberblatt. Aber einmal hört es auf. Die Sonne kommt hervor und trocknet jeden einzelnen Grashalm. Die Blumen öffnen ihre Kelche, der schwarze Kater putzt seinen Bart und alle Tiere freuen sich. Der kleine Zauberer aber wird ganz schnell wieder gesund und da hat er gleich dem Gartenzwerg einen Regenschirm gezaubert.

„Was soll ich mit einem Regenschirm, wenn die Sonne scheint?“, fragt der Gartenzwerg.

So sind sie nämlich, die Gartenzwerge – sie denken nie an die Zukunft. Aber wenn es das nächste Mal regnet, wird er sich sicherlich freuen.

Der kleine Zauberer
und der Fisch

Mit allen Wesen dieser Erde ist der kleine Zauberer befreundet. Mit den Menschen, mit den Tieren und mit den Pflanzen auch. Und immer wenn er so seiner Wege geht, trifft er viele Bekannte.

„Guten Tag, kleiner Zauberer", rufen die Kinder, wenn sie ihm begegnen.

„Guten Tag", antwortet der kleine Zauberer, und manchmal hebt er seinen Zauberstab und lässt ein paar bunte Bonbons herunterregnen.

„Guten Tag", grunzt das freundliche, dicke Wildschwein, die Ziege meckert ihm fröhlich zu, die Rehe neigen ihre Köpfe, der Rabe krächzt einen munteren Gruß und die Pferdchen reiben die Köpfe an seiner Schulter.

Die Bäume winken mit tausend Blätterhänden und die Blumen blinzeln ihm zu.

An einem warmen, sonnigen Tag spazierte der kleine Zauberer zwischen den Wiesen entlang. Da begegnete ihm ein Fisch. Es war ein besonders hübscher Fisch, und der kleine Zauberer grüßte ihn höflich und ging vorüber. Doch als er ein Stück weitergegangen war, blieb er plötzlich stehen. Es fiel ihm ein, dass er niemals zuvor einen Fisch auf einer Wiese gesehen hatte. Er kratzte sich hinter dem linken Ohr und an der Nasenspitze und dachte nach.

„Blumen gehören auf die Wiese“, dachte er, „Vögel an den Himmel und Fische ins Wasser.“ Und er lief schnell den Weg zurück.

„Wohnst du hier?“, fragte der kleine Zauberer den Fisch.

„Ach nein“, antwortete der Fisch traurig. „Ich bin einer Frau aus der Tasche gesprungen und jetzt suche ich den nächsten See.“

„Der nächste See ist weit“, sagte der kleine Zauberer. „Fast so weit wie die weißen Federwolken.“

„Dann muss ich vertrocknen“, seufzte der Fisch und er weinte eine winzige Träne.

Der kleine Zauberer beschloss, dem Fisch zu helfen. Ganz sanft rührte er mit seinem Zauberstab die Träne an. Und die Träne wuchs und wuchs, bis sie zu einem kristallklaren See geworden war. Da sprang der Fisch

hinein und war gerettet. Und weil er ein wirklich netter Fisch war, hat er sich auch sehr bedankt.

Als die Menschen und die Tiere den schönen See entdeckten, wunderten sie sich sehr. Und ein jeder, der von seinem Wasser trank, wurde ein bisschen glücklich davon.

Der kleine Zauberer und das Sternchen

In den warmen samtblauen Nächten schläft der kleine Zauberer mitten im duftenden Gras. Dann decken die Bäume ihn mit ihren Schatten zu und der Mond breitet sein Tuch aus Silbergespinst darüber.

Einmal aber gibt es eine Nacht, die ist so schön, dass der kleine Zauberer nicht schlafen kann. Er klettert auf einen Baum und schaut sich den Himmel an.

Und dann bekommt er plötzlich Lust, ein wenig zu zaubern.

„Hokuspokus Simsalabim", sagt er.

Und genau in diesem Augenblick stürzt ein Sternchen vom Himmel und verfängt sich in den Zweigen des Baumes, in dem der kleine Zauberer sitzt.

„O weh!", sagt der kleine Zauberer und er ruft die Tiere der Nacht herbei. „Seht nur, es ist meine Schuld, dass das Sternchen vom Himmel fiel!"

In Wirklichkeit aber ist das Sternchen vor lauter Übermut heruntergesprungen. Denn auch der größte Zauberer kann nicht die Sterne vom Himmel zaubern.

Der kleine Zauberer nimmt das Sternchen behutsam in seine Hände und trägt es vor sich her. Und wohin er auch kommt, erwachen die Menschen und die Tiere von dem wunderbaren Licht und folgen ihm nach. Aber als die Stunden vergehen, beginnt der kleine Zauberer sich Sorgen zu machen.

„Seht nur", sagt er, „das Sternchen wird immer blasser. Es muss an den Himmel zurück."

Doch sooft er auch seinen Zauberspruch spricht, es gelingt ihm nicht, das Sternchen zurückzuschicken.

„Uhu", bittet der kleine Zauberer den Vogel mit den Lampenaugen, „nimm das Sternchen und bring es zum Himmel zurück. Ich will dir auch eine Stecknadel geben, damit du es festmachen kannst."

„Gut", sagt der Uhu und er trägt das Sternchen in seinem Schnabel davon.

Bald aber kehrt er traurig zurück.

„Ich kann nicht so weit fliegen", seufzt er. „Der Himmel ist fern."

Da wendet sich der kleine Zauberer an das Wiesel.

„Wiesel", bittet er, „du läufst so schnell. Trag das Sternchen in deinem Schnäuzchen zum Himmel hin."

Das Wiesel versucht es. Doch es dauert nicht lange, da kommt es müde zurück.

„Ich finde den Weg nicht“, schluchzt es.

Der kleine Zauberer wird sehr traurig, denn schon kriecht im Osten die Dämmerung herauf.

Bestimmt sind die Sterne gezählt, denkt er. Und dieser wird jetzt vermisst.

„Kann ich dir helfen?“, hört er da eine zarte Stimme.

„Wer bist du?“, fragt der kleine Zauberer.

„Ich bin die Lerche“, entgegnet der Vogel.

„Willst du das Sternchen nach Hause tragen?“

„Nicht ich“, sagt die Lerche, „aber vielleicht mein Lied. Denn mein Lied steigt bis zum Himmel hinauf.“

Und dann beginnt die Lerche zu singen. Und mit dem Lied der Lerche steigt das Sternchen empor, hoch und höher, bis zum Firmament. „Wie kann es nur sein“, wundert sich der kleine Zauberer, „dass ein Lied stärker ist als jeder Zauber?“

Und alle, die bei ihm sind, senken die Köpfe und wissen es nicht.

Der kleine Zauberer und der Löwe

Als der kleine Zauberer in die Stadt kam, herrschte große Aufregung. Die Menschen rannten umher wie ein aufgescheuchter Bienenschwarm, sie schrien und fuchtelten wild mit den Armen. Die Hunde bellten, und die Katzen standen auf den Gartenzäunen und machten riesengroße Buckel.

„Was ist geschehen?", fragte der kleine Zauberer den Polizisten.

„Der Löwe ist los!", schrie der Polizist. „Er ist aus dem Zoo ausgebrochen und nun streicht er durch die Stadt!"

„Ich werde ihn fangen", rief da ein schmächtiger Mann mit einem Federhütchen.

Er schwenkte ein Schmetterlingsnetz und rannte los. Und weil der kleine Zauberer den Löwen sehen wollte, lief er schnell hinterher. Der Löwe saß auf einer Mülltonne und er war sehr schön. Aber er war auch sehr groß und darum machte der Mann mit dem Schmetterlingsnetz gleich hundert Schritte zurück. Da standen nun alle Einwohner der Stadt in einem weiten Halbkreis und sie redeten und schrien, und keiner wagte sich an den Löwen heran. Die Feuerwehr kam mit dem großen Auto, die Schmiede, die Maurermeister und noch andere Männer mit starken Muskeln. Aber niemand getraute sich, den Löwen zu fangen. Da tat der Löwe sein Löwenmaul auf und brüllte.

„Seht nur", sagten die Leute zitternd, „jetzt will er uns fressen!"

Der kleine Zauberer aber erkannte, dass der Löwe sich vor den vielen Menschen fürchtete. Wenn einer sehr laut schreit, hat er nämlich meistens Angst. Da hob er seinen Zauberstab und zauberte den Löwen so klein, dass er aussah wie ein junges Kätzchen. Und dann nahm er ihn auf den Arm und trug ihn in den Zoo zurück.

Die Leute bewunderten den kleinen Zauberer sehr. Sie schüttelten ihm die Hand und schenkten ihm Blumen und Wiener Würstchen. Der Löwe aber saß in seinem Käfig, an dem der Zoodirektor außen ein Schild befestigt hatte, auf dem stand: „Zwerglöwe – Seltenes Exemplar." Und alle Kinder der Stadt liebten den winzigen Löwen sehr.

Als aber der kleine Zauberer den Löwen am nächsten Tag besuchte, wandte der Löwe den Kopf ab.

„Bist du mir böse?", fragte der kleine Zauberer. „Knurr", sagte der Löwe.

„Bist du mir böse, weil ich dich in den Zoo zurückgebracht habe?"

„Nein", brummte der winzige Löwe. „Ich bin gerne im Zoo. Aber ich habe Hunger."

„So iss doch", meinte der kleine Zauberer. „Es ist genug da."

„Es ist kein Platz in meinem Bauch“, fauchte der Löwe zornig. „Und das liegt daran, dass du mich so klein gezaubert hast. Mein Herz ist auch geschrumpft! Was aber ist ein Löwe ohne ein großes, mutiges Löwenherz?“

Da machte der kleine Zauberer den Löwen wieder mächtig und schön wie zuvor. Der Löwe war so dankbar, dass er direkt ein bisschen verlegen wurde. Die Löwen sind nämlich sehr stolz und sie zeigen ihre Gefühle nicht. Er riss sein Maul auf und gähnte, dass man alle seine weißen Zähne sah. Und der kleine Zauberer verstand ihn schon.

Der kleine Zauberer und das Mädchen, das sich nicht freuen kann

Einmal, als der kleine Zauberer so dahingeht, ohne an irgend etwas Besonderes zu denken, trifft er ein Mädchen. Das Mädchen sitzt auf einem Kilometerstein und macht ein mürrisches Gesicht.

„Kann ich dir helfen?", fragt der kleine Zauberer. „Fehlt dir was?"

„Ich weiß nicht, was mir fehlt", sagt das Mädchen. „Ich brauche etwas zum Freuen."

Da zaubert der kleine Zauberer einen weißen Hasen aus Plüsch.

„Wie hübsch", sagt das Mädchen. Aber lange freut es sich nicht. „Wenn ich ein Kleid hätte", sagt es, „aus roter Seide vielleicht."

„Simsalabim", sagt der kleine Zauberer und schon hat sie eins.

„Danke“, sagt das Mädchen. „Aber weißt du, ich glaube, das ist auch nicht das Rechte. Kannst du mir ein Kofferradio zaubern?“

„Klar“, sagt der kleine Zauberer. „Hokuspokus Simsalabim.“

Eine Weile dreht das Mädchen an den Knöpfen. Dann schiebt sie das Radio fort und sieht wieder mürrisch aus.

Da setzt sich der kleine Zauberer neben sie und nimmt ihre Hand. Er zeigt ihr die Käfer, die im Gras spazierengehen, er ahmt die Stimmen der Vögel nach und er erzählt ihr, was die Bäume im Winter träumen. Er singt ihr ein Lied vor und auf einmal singt sie mit.

„Jetzt freu' ich mich“, sagt das Mädchen. „Ich glaube, du hast mir gefehlt.“

Der kleine Zauberer lächelt. Sie gehen miteinander durch die Wiesen und schauen am Bach den Fischen zu.

„Wenn du fortgehst, werde ich wieder dasitzen“, sagt das Mädchen, „und mich nicht mehr freuen können.“

„Nein“, sagt der kleine Zauberer, „so wird es nicht sein. Du wirst wissen, dass es mich gibt. Du wirst dich nicht mehr nach Kleidern und Spielzeug sehnen, sondern nach jemandem, der bei dir ist. Du wirst dahin gehen, wo die anderen Menschen sind, und mit ihnen zusammensein. Und“, fügt er hinzu, „eines Tages werden wir uns wiedertreffen, an irgendeinem Ort.“

„Wird es genauso schön sein wie heute?“, will das Mädchen wissen.

„Ja“, sagt der kleine Zauberer, „das verspreche ich dir.“

Der kleine Zauberer und der Zauberstab

Manchmal ist der kleine Zauberer ein bisschen zerstreut. Dann vergisst er seinen Hals zu waschen, singt früh am Morgen ein Abendlied und zaubert den Kröten Flügel. Einmal aber, an einem Tag, an dem der Wind aus allen vier Himmelsrichtungen wehte, war es besonders schlimm. So zerstreut war der kleine Zauberer, dass er seinen Zauberstab verlor!

„O großer Simsalabim!", schluchzte der kleine Zauberer. „Was soll nun werden?"

Und er weinte alle Gänseblümchen nass. Aber weil ihm das schließlich auch nicht weiterhalf, machte er sich auf und begann zu suchen. Und die Tiere halfen ihm dabei.

Als sie eine Weile gesucht hatten, sah der kleine Zauberer plötzlich einen Mann, der eben seinen ungezogenen Buben mit einem Stock verhauen wollte.

„Halt!“, schrie der kleine Zauberer. „Gib den Stock her! Es ist bestimmt mein Zauberstab.“

„Nein“, sagte der Mann, „da irrst du dich.“

Aber der kleine Zauberer rief: „Du wirst es gleich sehen!“

Und er nahm den Stab und sprach seinen Zauberspruch. Nichts geschah. Da lachte der Mann den kleinen Zauberer aus, und der kleine Zauberer schlich beschämt davon und suchte weiter. Im Dornbusch suchte er, unter den kleinen Tannen und im Mohnblumenfeld. Mit einem Mal aber erblickte der kleine Zauberer einen struppigen Hund, der einen Stock im Maul trug.

„Hund!“, schrie der kleine Zauberer. „Du hast meinen Zauberstab! Gib ihn her!“

„Das ist nicht dein Zauberstab“, knurrte der Hund. „Lass mich in Ruhe!“

Aber weil der kleine Zauberer gar so sehr bat, gab er ihm schließlich den Stock.

„Pass auf“, sagte der kleine Zauberer. „Gleich wirst du es sehen!“

Und er sprach: „Hokuspokus Simsalabim!“

Doch es geschah nichts. Da verzog der Hund verächtlich sein Gesicht und der kleine Zauberer schämte sich zum zweitenmal.

Lange irrte er umher und fast hätte er die Suche

schon aufgegeben, als er etwas Seltsames entdeckte. Mitten auf der Wiese stand ein Bäumchen, das eine Rose und eine Tulpe trug.

„Seht nur!“, rief der kleine Zauberer den Tieren zu. „So etwas hat es noch nie gegeben!“

Und da wurde ihm plötzlich klar, dass dieses wunderbare Bäumchen sein Zauberstab sein musste! Er hatte die Blüten getrieben, damit der kleine Zauberer ihn erkennen sollte.

„Hokuspokus Simsalabim!“, rief er.

Da regnete es Rosen und Tulpen, Luftballons und saure Drops.

„Hurra!", schrie der kleine Zauberer. „Mein Zauberstab ist wieder da!"

Und er feierte mit den Tieren ein Fest. Der Fuchs tanzte mit dem Hasen, das Kätzchen mit dem Hund, der Igel mit dem Raben, das Eichhörnchen mit dem Gänserich. Und der kleine Zauberer tanzte mit seinem Zauberstab und er war so fröhlich wie noch nie.

Der kleine Zauberer und der große Regen

An einem Tag im August kommt der kleine Zauberer in ein Dorf, in dem die Menschen sehr unglücklich sind.

„Es hat viele Wochen nicht geregnet", sagen sie. „Die Brunnen geben kein Wasser mehr. Alles wird vertrocknen – die Tomaten, der Wirsing und das Getreide auf den Feldern. Bist du nicht ein Zauberer? Hilf uns doch."

Dem kleinen Zauberer tun die Leute leid und auch die Tiere, die matt sind vor Durst. Doch kein Zauberer, und sei er noch so mächtig, kann Regen zaubern.

„Das Wetter untersteht dem lieben Gott", sagt der kleine Zauberer. „Ich kann es nicht ändern."

„Versuch es doch", bitten die Leute. „Schau, die Wiesen sind von der Sonne verbrannt und die Früchte an den Bäumen vertrocknen."

„Wie gern würde ich euch helfen“, sagt der kleine Zauberer. „Ich kann es nicht, so glaubt mir doch!“

Doch die Leute glauben ihm nicht. Sie umstehen ihn in einem großen Kreis und warten auf seinen Zauberspruch.

„Es wird Nacht“, sagt der kleine Zauberer, „legt euch in eure Betten und schlaft.“

„Er will allein sein, wenn er zaubert“, flüstern sich die Leute zu. Sie gehen in ihre Häuser.

Der kleine Zauberer legt sich ins Heu und weil er sehr müde ist, schläft er sofort ein. Ganz früh am Morgen weckt ihn Geschrei auf. Da sieht er, dass es regnet. Zuerst ein bisschen, dann ein bisschen mehr, und schließlich gießt es wie aus Eimern.

„Der kleine Zauberer hat Regen gezaubert“, schreien die Leute. Sie heben ihn hoch und tragen ihn rund um ihr Dorf.

„Ich war es nicht“, sagt der kleine Zauberer. „So hört doch. Ich war es wirklich nicht.“

Aber die Leute sind so laut, dass sie seine Stimme nicht vernehmen. Sie singen und jubeln, und die Tiere trinken, und das Gras wächst, so schnell es kann. Wie ein großes Fest ist es. Und auf einmal haben die Leute den kleinen Zauberer vergessen. Da macht er sich leise davon.

„Tipp, tipp, topp, der Regen fällt“, singt er, „und er tränkt die ganze Welt. Ich bin nur ein kleiner Wicht, Wetter zaubern kann ich nicht“, und er lacht und hüpft und springt in alle Pfützen hinein.

Der kleine Zauberer und sein Freund

Früher war der kleine Zauberer stets vergnügt und guter Dinge. Aber jetzt ist er manchmal traurig. Dann setzt er sich an den Bach, lässt Blätter schwimmen und denkt so vor sich hin. Die Äpfel sind reif, denkt er, und ich habe niemanden, mit dem ich einen Apfel teilen könnte. Die Pilze wachsen im Wald, aber da ist keiner, der sich mit mir darüber freut. Und er stellte sich vor, wie schön es wäre, wenn er einen Freund hätte.

„Willst du mein Freund sein?", fragte er einen Jungen, der des Weges kam.

„Ich habe schon einen Freund, der heißt Ottokar", sagte der Junge und ging vorbei.

So fragte der kleine Zauberer das Füchschen, die gescheckte Kuh und die Ziege mit dem Glöckchen. Aber alle hatten schon einen Freund. Und manche hatten auch zwei.

„Auch gut!“, dachte der kleine Zauberer ärgerlich. „Dann werde ich mir einen Freund zaubern.“ Und er hob den Zauberstab und tat den Spruch. Dann machte er schnell die Augen ein bisschen zu, wegen der Überraschung, und als er sie wieder öffnete, saß neben ihm eine winzige Eule.

„Beim Hokuspokus!“, rief der kleine Zauberer überrascht, „ich hatte mir meinen Freund etwas größer vorgestellt!“

„Einen Freund kann man überhaupt nicht zaubern“, erklärte die Eule, und sie klappte ihre wurstscheibenrunden Augen auf und zu. „Einen Freund muss man gewinnen. Und auf die Größe kommt es dabei nicht an.“

Da bemühte sich der kleine Zauberer, die Freundschaft der winzigen Eule zu gewinnen. Sie sangen miteinander, der kleine Zauberer trug die Eule auf seiner Schulter spazieren und nachts im Mondschein tanzten sie manchmal ein Tänzchen. Dabei musste der kleine Zauberer natürlich furchtbar aufpassen, dass er der Eule nicht auf die Füße trat.

Ja, und eines Tages waren sie wirklich Freunde geworden, und das war sehr schön.

Aber da geschah es, dass sie in einen goldenen Buchenwald kamen.

„Schau nur“, schrie plötzlich die winzige Eule und sie zeigte auf eine dunkle Höhle in einem Baum.

„Da will ich wohnen!“

„Aber“, sagte der kleine Zauberer, „du kannst mich doch nicht verlassen. Du bist mein Freund!“

„Ja“, antwortete die Eule und schon war sie in die Baumhöhle geschlüpft, „aber ich bin eine Eule und eine Eule muss in einem Baum wohnen, das war schon immer so! Bitte, erlaub’ es mir!“

Wenn man seinen Freund wirklich lieb hat, dachte der kleine Zauberer, dann muss man ihm helfen, dass er glücklich ist.

Und er schenkte der Eule zum Abschied eine weiße Blume.

Aber jeden Monat einmal besucht der kleine Zauberer die winzige Eule. Und so sind sie für immer Freunde geblieben.

Der kleine Zauberer und die Schneeflocken

Im Herbst, wenn die Bäume ihre bunten Blätter an den Wind verschenken, zaubert sich der kleine Zauberer ein Haus. Hoch oben auf dem Berg steht das Haus, ganz nahe am Himmel, und in manchen Nächten setzt sich der Mond aufs Dach und ruht sich ein wenig aus.

Die Tage vergehen und die Wochen, und der kleine Zauberer ist immer allein. Und als der Winter kommt und die große Stille, fängt er an, sich einsam zu fühlen. Aber eines Tages beginnt es zu schneien. Da setzt sich der kleine Zauberer seine Bommelmütze auf, öffnet das Fenster und schaut den Schneeflocken zu.

„Kommt herein!", ruft er, „ihr sollt meine Gäste sein!"

Aber die Schneeflocken flüstern: „Das geht nicht. Wenn wir zu dir in die warme Stube kommen, schmelzen wir."

Der kleine Zauberer denkt ein bisschen nach, dann

hebt er seinen Zauberstab und verwandelt die Schneeflocken in flauschigweiße Kaninchen. Zuerst nur ein paar, aber weil es ihm soviel Spaß macht, zaubert er immer weiter. Die Kaninchen purzeln zum Fenster herein und bald ist das ganze Haus voll von ihnen. Auf den Stühlen sitzen sie, auf der Bank, rund um den Ofen, auf dem Tisch und in allen Ecken.

Im Wassereimer hockt ein Kaninchen, zwei auf dem Sessel, eines im Kochtopf und als der kleine Zauberer schlafen will, liegen fünf Kaninchen in seinem Bett.

Da setzt sich der kleine Zauberer auf den Fußboden und ärgert sich.

Die Kaninchen aber essen sein Brot, knabbern alle Äpfel an, poltern im Küchenschrank herum, packen sich bei den Pfoten und tanzen über Teller und Tassen. Und wenn der kleine Zauberer mit ihnen schimpft, lachen sie ihn aus.

„Das ist mein Haus!", ruft der kleine Zauberer. Doch die Kaninchen legen die Löffel an und stellen sich taub.

Da wird es dem kleinen Zauberer zu dumm.

„Hokuspokus Simsalabim", sagt er und verwandelt die Kaninchen in weiße Rosen. Und die Rosen stellt er in seine Blumenvase und freut sich daran.

Den ganzen Winter hindurch blühen sie. Aber als der Frühling kommt, sind sie über Nacht verschwunden. Und das ist ja auch kein Wunder, wenn man bedenkt, dass die Rosen eigentlich Schneeflocken waren.

Der kleine Zauberer in der Stadt

Einmal saß der kleine Zauberer auf einem Berg und schaute ins Tal hinab. Da sah er eine Stadt. Spielzeugklein fuhren die Autos durch die Straßen, die Kirchenglocke läutete und winzige Katzen sprangen über die Dächer der Häuser.

„Oh, wie hübsch!", rief der kleine Zauberer und er lief den Berg hinunter geradewegs in die Stadt hinein.

Sogleich rannten alle Leute zusammen, denn es kam selten ein Fremder zu Besuch.

„Guten Tag", sagte der kleine Zauberer. „Ich möchte ein bisschen hier wohnen."

Da setzte der Bürgermeister seine Brille auf und schaute darüber hinweg.

„Bist du ein Schreiner?", fragte er.

„Nein", antwortete der kleine Zauberer.

„Ein Schuster?"

„Auch nicht. Ich bin ein kleiner Zauberer."

„Dann kannst du hier nicht bleiben", sagte der Bürgermeister unfreundlich. „Hier wohnen nur Leute, die arbeiten. Mach, dass du weiterkommst!"

Die Bürger der Stadt dachten ebenso. Und sie ließen den kleinen Zauberer einfach stehen.

Der kleine Zauberer aber wurde sehr ärgerlich. „Die Blumen arbeiten schließlich auch nicht", dachte er, „und doch liebt sie jedermann." Und er beschloss, der Stadt einen Streich zu spielen.

„Hokuspokus Simsalabim!", rief er und schon spa-

zierten fünfzehn schnatternde Enten mitten über die Hauptverkehrsstraße. Der Hahn auf der Kirchturmspitze begann zu krähen und hörte nicht wieder auf, der Autobus machte Sprünge wie ein Känguru, alle Leute kriegten den Heuschnupfen, der Bürgermeister hatte einen Frosch im Bett und die Bürgermeisterfrau trug ein Eichhörnchen auf ihrem Sommerblumenhut.

„Geh hinunter!“, befahl sie empört.

Aber das Eichhörnchen dachte nicht daran. Da lief der Bürgermeister durch die Straßen und suchte den kleinen Zauberer.

„Kleiner Zauberer", rief er. „Nimm den Spuk von der Stadt! Du kannst hier wohnen, solange du willst."

Aber es war zu spät. Längst war der kleine Zauberer weitergezogen. So mussten die Leute mit dem Zauber leben. Sie kauften sich fünfhundertsechsundachtzig Taschentücher, die Autos waren ganz langsam, damit sie die Enten nicht überfuhren oder mit dem tollen Omnibus zusammenstießen, der Bürgermeister schlief in der Badewanne und seine Frau hatte sich so an das Eichhörnchen auf ihrem Hut gewöhnt, dass sie es nicht mehr missen mochte. Und dass das Eichhörnchen in den Nächten hinauslief in den Wald und über die Baumwipfel sprang, das wusste sie ja nicht.

Der kleine Zauberer sitzt manchmal auf dem Berg über der Stadt und lächelt. Eines Tages aber wird er hinuntersteigen und alles in Ordnung bringen. Ganz bestimmt. Und vielleicht sogar morgen schon – wer weiß?

Der kleine Zauberer und das verrückte Fest

Manchmal ist man fröhlich und manchmal traurig. Das geht allen Leuten so. Dem kleinen Zauberer auch.

Einmal, mitten im Mai, ist der kleine Zauberer so übermütig, dass er anfängt, lauter verrücktes Zeug zu zaubern.

„Hokuspokus Simsalabim", ruft er. Und er zaubert ein Sofa auf Rollschuhen, mit dem man den Berg hinunterfährt. Einen Hut voll Heringssalat zaubert er, Götterspeise in Tuben und ein Akkordeon, das von selber spielt.

„Einen Tanzpartner brauche ich", ruft er. „Hokuspokus Simsalabim."

Schwupp, steht eine große Aufziehpuppe vor ihm. Er braucht nur den Schlüssel herumzudrehen, der in ihrem Rücken steckt, und schon geht es los.

„Gäste her", schreit der kleine Zauberer. „Hokuspokus Simsalabim." Da purzeln sie aus dem Zauberland herüber: Riesenmäuse, Zwerggiraffen, knorzelige Männchen in roten Lackstiefeln, zwei Bären mit Strickmützen, ein Fuchs im Frack, Katzen auf Stelzen, ein Faulpelz, der von zwei großen Ameisen auf einer Sänfte getragen wird, ein Storch im Salat und ein Purzelbaum. Und zuletzt kommt noch ein Lachen.

„Hihihi", klingt es, „haha."

„Wem gehört das Lachen?", fragt der kleine Zauberer. Doch niemand meldet sich.

Da zaubert der kleine Zauberer noch schnell ein Pfund Konfetti, hundert Wunderkerzen, Knallfrösche und Trompetenstöße.

„Ruhe!!", schreien die Eichhörnchen von den Bäumen herunter. „Ruhe! Wir wollen schlafen."

Der kleine Zauberer zaubert ihnen einfach Mohrrüben in die Schnäuzchen. Da knabbern sie und sind still.

Die ganze Nacht dauert das wilde Fest und der kleine Zauberer kann nicht aufhören zu zaubern. Er zaubert Spaghetti in die Zweige der Bäume, Luftballons, heiße Würstchen mit Senf, gesattelte Riesenschildkröten, auf denen man reiten kann, und bunte Kinderkarussells. Und als der kleine Zauberer endlich, endlich müde wird, zaubert er den ganzen Zauber wieder fort. Nur das lästige Lachen kann er nicht wegschaffen. Dazu reicht seine Kraft nicht mehr aus. Die reicht gerade noch für zwei kleine Wattebäusche. Die steckt er sich in die Ohren und dann schläft er ein.

Geschichten vom kleinen Nachtwächter

Der kleine Nachtwächter und die Luftballons

An einem Sommerabend, an dem die Luft so warm war wie ein Federbett, ging der kleine Nachtwächter mit seiner Laterne durch den schlafenden Ort. Alles schien wie immer zu sein. Doch als er an das Haus kam, in dem das Luftballonmädchen wohnt, sah er, dass die vielen bunten Luftballons draußen an einen Baum angebunden waren.

„So ein Leichtsinn!", brummte der kleine Nachtwächter. „Wenn es Regen gibt, werden sie nass." Und er beschloss, die Luftballons ins Haus zu tragen.

Aber weil er sie alle auf einmal losband, geschah etwas Merkwürdiges: Die Ballons hoben den kleinen Nachtwächter sachte vom Boden weg und stiegen mit ihm in die Luft.

„Oh!", rief der kleine Nachtwächter. „Halt!"

Doch da schwebte er auch schon mindestens drei

Meter über der Erde. Immer höher trieben die Luftballons und es dauerte nicht lange, da schwebte der kleine Nachtwächter über den Dächern der Häuser. Zuerst hatte er natürlich ein bisschen Angst, aber dann machte es ihm Spaß, so dahinzusegeln und die Welt aus der Höhe betrachten zu können. Von oben sah alles sehr klein aus – die Bäume, die Gartenzäune und die Katzen, die über die Dächer spazierten.

„Schön' guten Abend", rief der kleine Nachtwächter und er winkte dem Mond, dem er nun näher war als je zuvor.

Aber als der kleine Nachtwächter eine Weile dahingeschwebt war, wollte er gerne wieder auf die Erde zurück. Doch so sehr er auch zappelte und strampelte – er blieb in der Luft. Da wurde er traurig und er weinte so viele Tränen, dass die Blumen glaubten, es regne.

Als endlich die Morgendämmerung kam, wachten die Leute auf. Sie wuschen sich den Hals und die Ohren, und dann gingen sie hinaus, um nach dem Wetter zu sehen.

„O große Not!", rief die Blumenfrau. „Der kleine Nachtwächter fliegt am Himmel umher!" Da blickten die Leute erschrocken zum Himmel und es lief ihnen eiskalt den Rücken hinunter.

Doch das Luftballonmädchen wusste Rat.

„Kleiner Nachtwächter“, rief es, „lass die Luftballone los, immer einen nach dem anderen!“

Zuerst ließ der kleine Nachtwächter einen grünen Luftballon los, dann einen roten, einen gelben und immer so weiter. Und jedesmal sank er ein Stückchen tiefer, bis er endlich mit dem letzten Ballon wohlbehalten auf der Erde stand.

„Hurra!“, riefen da die Leute. „Der kleine Nachtwächter ist wieder da!“

Die bunten Luftballons aber schwebten noch viele Tage über den Dächern dahin.

Der kleine Nachtwächter und der Hahn

Oft können viele Nächte vergehen, ohne dass etwas geschieht. Dann lässt der kleine Nachtwächter den Schein seiner Laterne durch die Gassen wandern und ist zufrieden.

„Die Menschen und die Tiere schlafen", denkt er, „und das ist ein Zeichen dafür, dass ich ein guter Nachtwächter bin."

Einmal jedoch, als der Mond rund und golden aussah wie ein Pfannkuchen, wachte der weiße Hahn auf.

Zuerst blinzelte er mit dem linken Auge, dann mit dem rechten, und als er sah, dass es hell war, glaubte er, der Tag sei gekommen.

„Kikiriki!", schrie der weiße Hahn. „Kikiriki!"

Und sogleich erwachten alle Hühner, plusterten sich und begannen im Sand zu scharren. Natürlich lief der

kleine Nachtwächter, so schnell er konnte, zum Hühnerstall.

„Sei still“, sagte er zum weißen Hahn. „Du musst schlafen, es ist Nacht.“

Aber der Hahn wollte das nicht glauben. Lag nicht das Dorf im strahlenden Licht? Er flatterte auf den Misthaufen, breitete die Flügel aus und krähte.

„Oh“, sagte der kleine Nachtwächter ärgerlich, „du wirst mir alle Leute aufwecken!“

Und er beschloss, dass es höchste Zeit war, etwas zu

unternehmen. Er holte eine Leiter, stieg auf das Dach seines Hauses und versuchte, den Mond mit seinem Taschentuch zu verhängen, damit es dunkel würde. Fast hätte er es auch geschafft. Aber der Mond stand ein kleines bisschen zu hoch und so konnte er ihn nicht erreichen.

„Kikiriki!", schrie der weiße Hahn.

„Was soll ich nur tun?", dachte der kleine Nachtwächter.

Und weil ihm nichts Besseres einfiel, nahm er den Hahn auf seine Arme und wiegte ihn in den Schlummer.

„Schlafe, schlafe, weißer Hahn", sang der kleine Nachtwächter, „der Tag, der fängt noch lang nicht an."

Da schlief der Hahn wahrhaftig ein. Aber sooft der kleine Nachtwächter auch versuchte, ihn behutsam in seinem Stall abzusetzen, riss er gleich den Schnabel auf und begann zu krähen. Da blieb dem kleinen Nachtwächter nichts anderes übrig, als den Hahn mit auf seine Runde zu nehmen. Stunde um Stunde trug er ihn und all die weißen Hühnchen liefen hinter ihnen her.

In der Morgenfrühe, als die Leute aufstanden, fanden sie den kleinen Nachtwächter am Wegrand und selbst im Schlaf hielt er noch den weißen Hahn in seinen Armen. Die Hühnchen aber saßen im Kreis herum und hatten die Köpfchen in ihre Federn gesteckt.

Der kleine Nachtwächter und der Bär

Als die Dämmerung kam, saßen die Leute vor ihren Häusern und erzählten von alten Zeiten. Der Drehorgelmann, der Bauer, die Blumenfrau, das Luftballonmädchen und der Dichter.

„Wölfe und Bären gab es damals“, sagte der Bauer und dann musste er gähnen.

Und weil die anderen Leute auch müde waren, gingen sie alle zu Bett. Der kleine Nachtwächter blieb allein zurück. Er begrüßte den Mond, schaute den eiligen Wolken nach und machte seine Runde. Doch als er eben um die Ecke biegen wollte, stand plötzlich ein Bär vor ihm.

„Es gibt keine Bären mehr“, dachte der kleine Nachtwächter und er schloss die Augen. Aber als er sie wieder öffnete, war auch der Bär wieder da. „Guten Abend, Bär“, sagte der kleine Nachtwächter freundlich. „Kommst du aus den alten Zeiten?“

„Brumm", entgegnete der Bär und das konnte ja oder nein heißen.

Er schüttelte sein zottiges braunes Fell und wanderte durch das Dorf. Und der kleine Nachtwächter ging immer hinter ihm her. Als der Bär zum Dorfteich kam, betrachtete er lange sein Spiegelbild im Wasser.

„Du bist ein hübscher Bär", sagte der kleine Nachtwächter, denn zu Gästen muss man höflich sein. „Aber komm lieber da fort, sonst fällst du noch hinein!"

Da wandte der Bär sich ab und tapste zu den Häusern hinüber. Er steckte seinen dicken braunen Kopf in die Fenster und schaute sich die Leute an.

„Oh", sagte der kleine Nachtwächter, „wenn sie aufwachen und dich sehen, werden sie sehr erschrecken, denn sie sind keine Bären gewöhnt. Komm lieber da fort!"

Da wandte der Bär sich ab und lief in den Blumengarten. Und weil ihm die weißen Rosen so sehr gefielen, begann er sie aufzufressen.

„Nein!", rief der kleine Nachtwächter entsetzt. „Das ist verboten. Komm da fort!"

Da wandte sich der Bär zum drittenmal ab. Und diesmal war er traurig.

„Warte", sagte der kleine Nachtwächter.

Er zog seinen Kamm aus der Tasche und blies darauf

eine kleine Melodie. Der Bär spitzte die Ohren, dann stellte er sich auf die Hinterbeine und begann zu tanzen. Immer fröhlicher wurde er. Und weil Fröhlichkeit mindestens so ansteckend ist wie die Masern, wurde auch der kleine Nachtwächter ganz vergnügt. Er packte den braunen Bären bei den Pfoten und tanzte mit. Linksherum tanzten sie, rechtsherum und im Kreise.

In der Früh, als der Morgen über die Dächer stieg, ließ der kleine Nachtwächter den Bären los.

„Ich will die Leute holen", sagte er. „Sie müssen sich an dich gewöhnen, denn du bist mein Freund."

Doch als er den Leuten den Bären zeigen wollte, war er verschwunden.

„Vielleicht habe ich den Bären nur geträumt“, meinte der kleine Nachtwächter und er lächelte ein wenig. „Aber wenn ich es will, wird er immer wieder bei mir sein, denn er ist mein Freund. Ich brauche nur die Augen zu schließen und an ihn zu denken.“

Der kleine Nachtwächter und die Schäfchen

Der Tag war gut und freundlich gewesen. Der Drehorgelmann hatte seine schönsten Melodien gespielt, das Luftballonmädchen hatte sechsundzwanzig bunte Luftballons aufgepustet, der Dichter viele Blätter voller Gedichte gekritzelt, der Bauer hatte zugeschaut, wie das Gras wächst, und die Blumenfrau hatte ihre Blumen begossen. Nun war es Abend. Da zündete der kleine Nachtwächter seine Laterne an.

„Gute Nacht", sagten die Leute und der Bauer fügte hinzu: „Morgen will ich die Dorfwiese mähen."

„Schlaft gut", entgegnete der kleine Nachtwächter. „Und lasst eure Fenster offen, damit der Nachtwind die Träume zu euch hereinwehen kann."

Dann machte er seine Runde. Er streichelte die kleinen Katzen, die ihm begegneten, grüßte den Wachhund und winkte dem Käuzchen zu. Doch als er eben darü-

ber nachdenken wollte, warum wohl die Eichhörnchen so buschige Schwänze haben, schreckte ihn etwas auf. Es klang wie das Getrappel vieler kleiner Füße. Da blickte der kleine Nachtwächter sich um und sah eine riesige Schafherde.

„Oh“, sagte er. „Guten Abend.“

„Mäh“, machten die Schafe, und sie kamen näher und schlossen ihn ein wie ein wogendes weißes Meer.

Und ein ganz kleines Lamm knabberte sogar ein bisschen an seiner Laterne. Zuerst freute sich der kleine

Nachtwächter über den Besuch. Als aber die Schafe zur Dorfwiese liefen, bekam er einen Schreck.

„Bitte", rief er, „knabbert nicht die Wiese leer. Der Bauer will sie morgen mähen."

Doch die Schafe kümmerten sich nicht um ihn. Sie zupften alle Grashalme ab und das ganz kleine Lamm fraß die goldenen Butterblumen. Der kleine Nachtwächter war schrecklich unglücklich. Aber es sollte noch schlimmer kommen! Als die Schafe satt waren, gingen sie zum Dorfteich und tranken ihn leer. Das ganz kleine Lamm schluckte den allerletzten Tropfen.

Da setzte sich der kleine Nachtwächter an den Straßenrand und vergrub voller Verzweiflung sein Gesicht in den Händen. Stunde um Stunde saß er so.

Als er endlich im Morgengrauen aufstand und um sich blickte, waren die Schafe verschwunden. Die Wiese jedoch stand voll von duftendem Gras und der Weiher hatte so viel Wasser, dass er beinahe überlief.

„Oh", sagte der kleine Nachtwächter und er konnte es nicht verstehen.

Doch als er emporsah, fand er den Himmel voller Schäfchenwolken. Und es war ihm, als blinzele ihm die kleinste zu.

Der kleine Nachtwächter und der Fremde

Als der kleine Nachtwächter eben seine Laterne angezündet hatte, kamen die Leute in ihren Nachthemden noch einmal zu ihm heraus.

„Kleiner Nachtwächter“, sagten sie, „wir haben seit vielen Nächten keine schönen Träume mehr gehabt. Es muss etwas geschehen!“

Da senkte der kleine Nachtwächter den Kopf und schämte sich, denn er trug Verantwortung für alles, was in den Nächten geschah.

„Ich will sehen, wie ich euch helfen kann“, versprach er. Und er stieg auf den Hügel, der hinter dem Dorf liegt.

„Nachtwind“, rief er, „lieber Nachtwind! Die Leute haben keine schönen Träume, was soll ich nur tun?“

Die Sterne fragte er und die wispernden Tannen. Und als er keine Antwort bekam, wurde er traurig.

„Guten Abend“, sagte da plötzlich eine Stimme neben ihm.

„Wer bist du?“, fragte der kleine Nachtwächter.

Doch der Fremde lächelte nur.

„Gib mir einen Krug Wasser“, bat er.

Da führte der kleine Nachtwächter den Fremden zum Brunnen und zog für ihn den schweren Wassereimer empor.

„Pflück mir einen Apfel“, verlangte der Fremde, als er getrunken hatte.

Und der kleine Nachtwächter stieg in den Apfelbaum und erfüllte dem Fremden seinen Wunsch. Doch kaum hatte der seinen Apfel gegessen, als er den kleinen Nachtwächter von Neuem ansprach. „Brich mir eine Rose“, sagte er diesmal.

Der kleine Nachtwächter seufzte ein bisschen. Dann aber ging er in den Rosengarten und holte die schönste der Blumen.

„Hab Dank“, sagte der Fremde. „Und weil du so freundlich zu mir warst, will ich dir auch etwas schenken.“

Und er zog eine Flöte hervor und begann darauf zu spielen. Da wurde es dem kleinen Nachtwächter ganz wundersam ums Herz und er vergaß seine Sorgen. Er schloss die Augen und ihm war, als trage eine Wolke aus Blütenduft und Sternengeflimmer ihn über die schlafende Erde.

„Oh“, sagte der kleine Nachtwächter, und er schlug die Augen auf und wollte sich bei dem Fremden bedanken.

Doch er fand ihn nicht mehr.

„Wir haben wunderschöne Träume gehabt“, riefen die Leute am anderen Morgen und auch die Tiere hatten ganz glückliche Gesichter.

Da drehte der kleine Nachtwächter die Mütze in seinen Händen und dachte nach.

„Vielleicht", so dachte er, „ist der Fremde in der Nacht der Sandmann gewesen."

Aber etwas Bestimmtes hat er nie erfahren.

Der kleine Nachtwächter und die Amsel

Am Tag vor der Johannisnacht hatte der Drehorgelmann eine Amsel gefangen. Er setzte sie in einen Käfig und den Käfig hängte er vor sein Haus. Da liefen die Leute herbei und bewunderten den schwarz glänzenden Vogel.

„Wartet nur, bis er erst singt", sagte der Drehorgelmann stolz. „Vielleicht singt er morgen."

Und weil der kleine Nachtwächter mit seiner Laterne daherkam, wünschten die Leute einander eine gute Nacht und gingen zu Bett. Der kleine Nachtwächter machte seine Runde wie immer und es fiel ihm nichts Besonderes auf. Doch als es vom fernen Kirchturm zwölf schlug, geschah etwas Merkwürdiges: Ganz plötzlich verstand der kleine Nachtwächter die Sprache der Tiere. „Oh", dachte er, „es ist Johannisnacht."

Und er ging auf Zehenspitzen und lauschte auf das, was die Tiere erzählten.

„Ach“, seufzte die kleine Schnecke, „mein Haus ist so schwer, ich muss ein wenig ausruhen.“

Und sie setzte sich auf ein Löwenzahnblatt und ließ sich vom Nachtwind schaukeln.

„Hatschi!“, schrie eine schwarz-weiß gestreifte Katze, die über die Dächer sprang. „Mich hat ein Mondstrahl an der Nase gekitzelt. Hatschi!“

„Seid still“, knurrte der große Wachhund. „Jede Nacht das gleiche Geschrei. Wie soll man da schlafen können?“

Aber die anderen Tiere kümmerten sich nicht um ihn. Der Hase erzählte seiner Frau von einer Mohrrübe, so lang wie ein Hasenlöffel, und die Uhumutter lehrte ihr Uhukind ein Lied, in dem hundert Mäuse vorkamen.

Hinter all den vielen Tierstimmen aber ertönte von irgendwoher ein leises Weinen.

„Weinst du etwa?“, fragte der kleine Nachtwächter das Käuzchen.

„Nein“, antwortete das Käuzchen. „Komm mit, ich will dir zeigen, wie man Purzelbäume in der Luft schlägt.“

Aber der kleine Nachtwächter ging der zarten, klagenden Stimme nach. Er wollte herausbekommen, wer da so traurig war.

Als er zum Haus des Drehorgelmannes kam, sah er die Amsel mit hängenden Flügeln in ihrem Käfig sitzen.

„Warum weinst du?", fragte der kleine Nachtwächter mitleidig.

„Ich will zurück in den Wald", schluchzte die Amsel, „zu den Bäumen, die meine Freunde sind."

Da ließ der kleine Nachtwächter die Amsel frei. In den leeren Käfig legte er eine rote Rose.

„In der Johannisnacht ist ein Wunder geschehen!", schrie der Drehorgelmann am nächsten Morgen. „Die Amsel hat sich in eine rote Rose verwandelt." Und weil Wunder so selten sind wie grasgrüne Schafe, freuten sich alle Leute.

Der kleine Nachtwächter aber schwieg.

Der kleine Nachtwächter und die Blumen

Wenn der kleine Nachtwächter mit seiner Laterne kommt, wissen die Leute, dass sie nun ins Bett gehen müssen. An einem Abend jedoch lief die Blumenfrau im Nachthemd noch einmal hinaus.

„Es wird Regen geben", sagte sie, und sie holte alle ihre Blumen und stellte sie in ihren Töpfen vor die Tür.

Sooft der kleine Nachtwächter in dieser Nacht am Haus der Blumenfrau vorbeiging, wünschte er, es möge nun endlich regnen. Aber es regnete nicht. Da wurde der kleine Nachtwächter traurig.

„Die Blumen werden verwelken", dachte er.

Und weil er das nicht zulassen durfte, schöpfte er mit seiner Mütze Wasser aus dem Dorfteich und begann die Blumen zu gießen. Wieder und wieder musste der kleine Nachtwächter zum Dorfteich laufen. Einmal schwamm in seiner Mütze ein Fisch.

„Oh“, sagte der kleine Nachtwächter erschrocken. „Verzeihung.“

Und er warf den Fisch in den Teich zurück.

Als der kleine Nachtwächter dreiundsiebzig Nachtwächtermützen voll Wasser geholt hatte, waren endlich alle Blumen gegossen. Da verschränkte er die Arme vor dem Bauch und freute sich. Aber leider sollte er sich nicht lange freuen, denn plötzlich begann es zu regnen. Zuerst regnete es nur ein bisschen, dann ein bisschen mehr und schließlich regnete es so stark, dass der kleine Nachtwächter Angst bekam.

„Die Blumen werden ertrinken“, dachte er. „Aufhören!“, rief er dem Regen zu und er schüttelte seine Faust.

Aber der Regen stellte sich taub.

Fast hätte der kleine Nachtwächter geweint. Doch weil das auch nicht geholfen hätte, ließ er es lieber. Er ging nach Hause und holte seinen Schirm. „Ich will euch beschützen“, sagte er zu den Blumen.

Und er spannte den Schirm auf und hielt ihn über sie. Stunde um Stunde stand der kleine Nachtwächter so, einmal auf dem linken und einmal auf dem rechten Bein. Der Regen aber lief ihm zum Kragen herein und bei den Hosenbeinen wieder hinaus.

Gegen Morgen ließ es endlich nach. Da klappte der kleine Nachtwächter den Schirm wieder zu und schlich sich pitschnass nach Hause. Doch als er endlich in seinem Bett lag, war er glücklich.

„Seht nur, wie schön meine Blumen sind!“, rief die Blumenfrau. „Ich habe sie in den Regen gestellt.“

Was aber in dieser Nacht wirklich geschehen war, das haben die Leute niemals erfahren.

Der kleine Nachtwächter hat Geburtstag

Als der kleine Nachtwächter Geburtstag hatte, dachten die Leute sich etwas Besonderes aus.

„Kleiner Nachtwächter", sagte die Blumenfrau, „heute sollst du einmal die ganze Nacht schlafen. Wir werden für dich Wache halten."

Und die anderen nickten dazu.

Da freute sich der kleine Nachtwächter und er legte sich in sein Bett. Aber schlafen konnte er leider trotzdem nicht, denn er war ja gewohnt, des Nachts umherzugehen.

Die Leute zündeten Lichter an und verteilten sich im Dorf.

Das Luftballonmädchen schaute nach, ob alle Fenster geschlossen waren, der Drehorgelmann leuchtete in den Brunnen, der Dichter ging den Hügel hinauf, die Blumenfrau lief durch den Garten und der Bauer spazierte die Wiesen entlang. „Es ist alles in Ordnung", riefen sie sich gegenseitig zu.

Doch weil sie so viel Lärm machten, wachten die Tiere auf und steckten die Köpfe zum Stallfenster hinaus.

„Die Tiere können nicht schlafen", sagte die Blumenfrau. „Wir müssen es dem Bauern sagen."

Doch der Bauer war nicht da. Und sosehr sie ihn auch suchten, sie fanden ihn nicht.

„Die Tiere können nicht schlafen und der Bauer ist fort", seufzte der Drehorgelmann. „Was sollen wir bloß tun?"

„Seht nur!", schrie da plötzlich das Luftballonmädchen und sie zeigte auf das Spiegelbild des Mondes im Wasser. „Der Mond ist in den Dorfteich gefallen!"

„Oh, große Not!", rief der Dichter. „Wir müssen ihn retten!" Und er lief und holte ein Netz.

Aber sosehr sich die Leute auch bemühten, den Mond aus dem Dorfteich zu fischen, es wollte ihnen nicht gelingen. Da wussten sie keinen anderen Rat, als den kleinen Nachtwächter zu wecken.

„Kleiner Nachtwächter", sagten sie aufgeregt, „der Bauer ist fort, die Tiere wollen nicht schlafen und der Mond ist in den Dorfteich gefallen." „Oh", sagte der kleine Nachtwächter und er lächelte ein wenig.

Er zog seine Stiefel an, nahm die Laterne und ging hinaus. Zuerst fand er den Bauern. Er lag in einem Heuhaufen und schnarchte. Dann streichelte er die Tiere und wünschte ihnen eine gute Nacht. Und als die Tiere sahen, dass der kleine Nachtwächter wieder da war, legten sie sich hin und schliefen augenblicklich ein.

„Aber der Mond?“, fragten die Leute. „Was wird mit dem Mond?“

„Der Mond nimmt ein Bad“, sagte der kleine Nachtwächter. „Um den Mond braucht ihr euch nicht zu sorgen. Er weiß seine Wege."

Und er schickte die Leute ins Bett.

Dann machte er seine Runde wie alle Tage. Nur, dass er heute ganz besonders glücklich war. Und ein bisschen stolz war er auch.

50 Jahre Ravensburger Taschenbücher

9 – 10 Jahre

Unsere Stars für deine Tasche

ISBN 978-3-473-**54407**-3

ISBN 978-3-473-**54396**-0

ISBN 978-3-473-**54399**-1

ISBN 978-3-473-**54400**-4

ISBN 978-3-473-**54403**-5

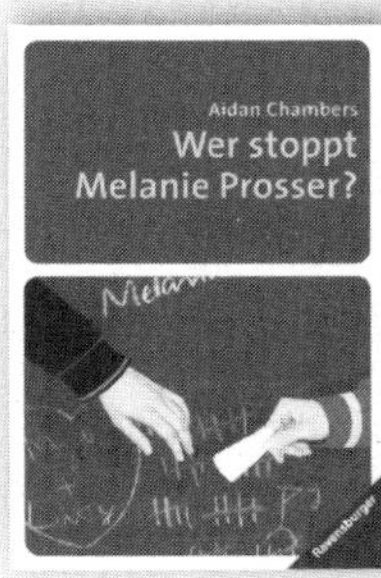

ISBN 978-3-473-**54394**-6

www.ravensburger.de

Ravensburger

RTB_12_019